Como enlouquecer
seu professor de Física

ELIKA TAKIMOTO

Ilustrações de **Ana Matsusaki**

© Editora do Brasil S.A., 2017
Todos os direitos reservados
Texto © Elika Takimoto
Ilustrações © Ana Matsusaki

Direção-geral: Vicente Tortamano Avanso
Direção adjunta: Maria Lucia Kerr Cavalcante Queiroz

Direção editorial: Cibele Mendes Curto Santos
Gerência editorial: Felipe Ramos Poletti
Supervisão de arte, editoração e produção digital: Adelaide Carolina Cerutti
Supervisão de controle de processos editoriais: Marta Dias Portero
Supervisão de direitos autorais: Marilisa Bertolone Mendes
Supervisão de revisão: Dora Helena Feres

Coordenação editorial: Gilsandro Vieira Sales
Assistência editorial: Paulo Fuzinelli
Auxílio editorial: Aline Sá Martins
Coordenação de arte: Maria Aparecida Alves
Produção de arte: Obá Editorial
   Supervisão editorial: Diego Rodrigues
   Assistente editorial: Patrícia Harumi
   Edição e projeto gráfico: Julia Anastacio
   Editoração eletrônica: Julia Anastacio
Coordenação de revisão: Otacilio Palareti
Revisão: Elaine Fares e Sylmara Beletti
Controle de processos editoriais: Bruna Alves

Dados Internacionais de Catalogação na Publicação (CIP)
(Câmara Brasileira do Livro, SP, Brasil)

Takimoto, Elika
   Como enlouquecer seu professor de física / Elika Takimoto ; ilustrações Ana Matsusaki. – São Paulo : Editora do Brasil, 2017. – (Histórias da ciência)
    Bibliografia
    ISBN: 978-85-10-06586-3

1. Física - Estudo e ensino 2. Prática de ensino
3. Sala de aula I. Matsusaki, Ana. II. Título
III. Série.

17-06076   CDD-530.7

Índice para catálogo sistemático:
1. Física : Estudo e ensino   530.7

1ª edição / 1ª impressão, 2017
Impresso na Elyon Indústria Gráfica

Rua Conselheiro Nébias, 887
São Paulo, SP – CEP: 01203-001
Fone: +55 11 3226-0211
www.editoradobrasil.com.br

A inércia é o meu ato principal.

Manoel de Barros

Introdução

Formei-me em Física pela UFRJ lá pelos idos de 1996. Antes mesmo de ter meu diploma em mãos, já lecionava em uma escola particular e, depois de alguns anos, trabalhei também em escolas públicas estaduais do Rio de Janeiro. Estava longe de estar satisfeita com a carga horária acumulada, com o trabalho em casa e com a perspectiva de dar a mesma aula até me aposentar. Havia colegas que me falavam que professor tem trabalho somente nos cinco primeiros anos de serviço para preparar aula, depois disso é só entrar em sala de aula e fazer o mesmo. Para mim, isso soava como uma péssima notícia. Como assim fazer a mesma coisa durante, sei lá, 30 anos? Como assim?

Em 2004, ingressei no mestrado na UFRJ em História da Ciência e das Técnicas e Epistemologia, convidada por Penha Maria Cardoso, que foi minha orientadora e responsável por tudo o mais que aconteceu comigo academicamente e profissionalmente. Ao final de nosso trabalho, a despeito de parecer ter gostado muito de minha dissertação, dispensou-me e disse que eu deveria "ir para a Filosofia". Lamentei a separação, tentei resistir, reclamei. Não entendi. Mas ela insistiu que essa migração seria importante para a minha formação e que meu espírito estava precisando disso. Aceitei a contragosto o conselho. O deleite durante a pesquisa em todo o meu doutorado até os dias de hoje é a prova de que Penha conseguiu enxergar em mim o que ninguém, até então, havia enxergado (muito menos eu mesma): a minha útil inquietação dentro da ciência. O que me leva ao segundo nome, não menos importante, nessa história: Antonio Augusto Passos Videira.

Lá pelos idos de 2007, ao chegar até Antonio Augusto (indicado pela Penha), na UERJ, querendo apenas continuar meus estudos, ofereci ao meu futuro orientador o que tinha de maior e mais precioso no momento: a minha ignorância sobre o mundo. Ele aceitou o desafio e, desde o nosso primeiro encontro, ajudou-me com as minhas leituras. Antes mesmo de estar matriculada no curso, tivemos incontáveis reuniões e discussões sobre o tema da tese, a dizer: "O que há de metafísica na Mecânica do século XVIII?". Guto mostrou-me que a minha ignorância, tomada aqui como ausência de entendimento, é muito maior do que eu pensava. E, devidamente estimulada, a gente até consegue fazer uma tese e, agora, um livro.

O ponto é que, ao ingressar no mundo acadêmico, acabei pesquisando coisas que jamais sonhei que existiam. Trabalhei muito fontes primárias e me assustei com todas as discussões intermináveis sobre determinados assuntos que eu explicava em sala de aula como se fossem fáceis, óbvios e exatos. Qual o quê! Ao final do mestrado, a minha prática em sala de aula já estava completamente influenciada por tudo o que lia. Fiquei tão alucinada que resolvi contar essa história, no que veio a se tornar o meu primeiro livro publicado, em 2009, pela Livraria da Física: *História da Física na sala de aula*. Mas com a Filosofia algo muito mais profundo aconteceu: a minha visão de ciência foi completamente transformada, ainda que o encanto por ela tivesse aumentado.

Sou professora no Centro Federal de Educação Tecnológica Celso Suckow da Fonseca (Cefet/RJ) desde 2006. Em 2014, depois de uma enorme pesquisa e metamorfoses de pensamentos e conceitos, não mais consegui dar uma aula de Física dentro dos padrões que encontramos na maioria das escolas. Virei, digamos assim, a mesa e as carteiras. Como exatamente ocorreu essa revolução é difícil dizer. Mas em *Como enlouquecer seu professor de Física*, percebe-se bem no que hoje me transformei. Hideo e o professor Inácio, os personagens principais deste livro, são o meu *alter ego*, sendo, o último, de dez anos atrás. Os dois juntos marcam o maior conflito interno que vivi durante toda a minha pesquisa na área da Filosofia.

Tenho levado parte dessa história e do que pesquiso para congressos e simpósios. A parte final do livro foi escrita motivada pelas perguntas que professores da rede particular fazem para mim no fim das apresentações.

Hideo não sabe que ele é filósofo nato. A princípio, tudo não passava de uma artimanha para que o professor não avançasse na matéria em sala de aula. Tive o cuidado e o trabalho de colocar na boca de Hideo perguntas que considerei importantes dentro da filosofia da ciência no assunto abordado: leis de Newton. Como bom pensador, Hideo, nosso personagem "preguiçoso", foi capaz de frear todos – principalmente o professor Inácio – que se interessaram em compreender melhor o funcionamento desse conhecimento ímpar chamado ciência.

Espero que você, leitor, também seja desacelerado, entenda e curta essa história que dedico a todos os meus alunos, principalmente àqueles que testemunharam a minha grande transformação em 2014.

Com muito amor e carinho,

Elika Takimoto

Capítulo 1

Esse negócio de a gente ir à escola é bem interessante. A gente sai de casa de um jeito, pensando umas coisas, e é tanta aula, tanto debate, tanta interação, tanta briga, tanta reconciliação, tanta reflexão, que acabamos tendo uma transformação e tanto (!) só pelo fato de ir e voltar. Mesmo que você, como eu, por exemplo, entre muda e saia calada, na escola, a gente chega com uma visão e volta dela como se tivessem nos colocado uns óculos, dependendo do dia.

Eu tive a sorte de pertencer a uma turma que era do tipo bem complicado. Tudo era motivo de confusão e até mesmo os professores pareciam mudar de opinião conforme acompanhavam nosso processo de aprendizado e transformação. Foi o caso do professor Inácio, nosso querido e amado professor de Física. Todo mundo da sala, naquele pequeno período de tempo, se transmutou (mentalmente falando) com tanto debate, mas ele foi da água para o vinho e não um vinho qualquer... Foi um desses bem caros, que só os reis experimentam.

Havia um burburinho nos corredores de nossa escola, Nata do Saber, dizendo que o professor Inácio começaria a ensinar Dinâmica na próxima aula. Os alunos da outra turma, em que ele também era o professor e que estava adiantada duas aulas devido ao feriadão de Tiradentes, já estavam alertando e prevenindo os demais colegas.

— Aí, geral vai se ferrar em Física no segundo bimestre! – profetizou um aprendiz da outra turma.

— Grande coisa. Se dar mal em Física é pleonasmo – falou Hideo, gastando o latim.

— Cara, tu não viu nada... O Inácio começou a dar leis de Newton, tem umas paradas sinistras tipo ação e reação, mas não é nada a ver com olho por olho e dente por dente não. É uma parada que a pedra puxa a Terra para cima que é de maluco, tá ligado? Tem umas setas que ele diz que são forças saindo de uns blocos que estão em uma rampa que, cara, vou te dizer, nem Jesus na causa... – aterrorizava o colega.

Hideo, apesar de sua ascendência oriental, era pouco dado aos estudos. Ficou, então, apavorado com o que ouviu. Ainda nem havia decorado as fórmulas do Movimento Uniforme e do Movimento Uniformemente Variado, a despeito da boa vontade do professor, que até inventava umas musiquinhas megabizarras para cada fórmula que escrevia no quadro, e entrou em pânico. Como assim mais matéria e mais difícil que tudo aquilo que ele já havia visto nos dois primeiros meses de aula? Como assim?! Ele não podia permitir que essa tragédia se concretizasse, e resolveu que assim seria a sua vida e a de todos os seus colegas de turma: sem infortúnios.

— Eu não posso permitir que essa fatalidade aconteça com os meus amigos – falou olhando para o céu com os braços esticados, os pulsos fechados e o peito estufado.

— Qualé, Hideo! Tá pensando que só porque é japa pode se transformar no Goku? – interpelou o amigo.

⟶ Pausa para os iletrados no assunto. Goku é um supersai-yajin, uma espécie de ET dos tempos modernos e da TV nipônica, que tem a modesta missão de salvar todo o Universo contra todas as forças do mal.

Mas Hideo não viu graça na piada. Mesmo porque, se não fosse pela sua ajuda, Goku não teria conseguido salvar o mundo. Voltou ao foco de sua missão.

– Nata do Saber só vai saber aquilo que eu permitir, ou seja, nada. Nada de bloco, nada de Newton! A única força que verão nas aulas de Física será a minha! – delirou o garoto.

– E posso saber como você vai impedir o professor Inácio de dar aula? – apontou muito bem o amigo, sem mais brincar com coisas sérias, tipo desenho animado japonês.

– Com a força da mente, meu irmão, com a força da mente... – Hideo falou isso balançando a cabeça positivamente, com a mão direita apertando o ombro do companheiro e olhando fixamente para a íris dele.

Capítulo 2

O dia tão pouco esperado por Hideo e sua turma chegou. O professor de Física já havia avisado na última aula que a coisa agora ficaria séria. Ele iniciaria a parte da Física que mais cai no vestibular: a famosa, a dificílima, a temida e a indigesta Dinâmica: a cota da Física que se preocupa em estudar as "causas" do movimento do corpo. Leis de Newton, saca? Pois então. Newton, para quem não sabe, tentou explicar o porquê de as coisas se movimentarem. Pense em algo que não esteja parado. Newton tentou esclarecer o que causa esse deslocamento. Pode ser uma maçã caindo ou a Lua girando. Não importa. Newton explicou tudo baseado em forças agindo no corpo. Bem interessante, por sinal.

Essa parada de leis de Newton é bem diferente da Cinemática que tem nos livros de Física e que acabamos de ver com o professor Inácio. A Cinemática é plena de fórmulas e mais fórmulas supersinistras. Se o homem chegar a Marte, por exemplo, não importa como ele chegou, segundo a Cinemática, mas ele lá estando pode jogar uma bola fazendo um ângulo tal com a horizontal, com uma velocidade x, que a Cinemática tem uma equação para você calcular direitinho onde ela vai cair! Outro exemplo: se quisermos saber a velocidade do corpo depois de quatro segundos de queda, a Cinemática tem uma fórmula para isso, mesmo que não entendamos o motivo pelo qual o corpo está caindo. Fórmulas e mais fórmulas, equações e mais equações, gráficos, muitos gráficos! Foi o que vimos no bimestre passado. Um troço de doido.

– Fala sério! E o cara ainda quer piorar! Quer que a gente saiba a causa de toda essa ladainha? – desesperou-se Nara, que tinha tirado a maior nota do bimestre, mas só ela sabia o quanto havia se esforçado. Teve até que diminuir o acesso às redes sociais. Perdeu seguidores e tudo... Foi barra, viu, galera? Do que mais ela teria que abdicar, se não sobrava mais nada?

– Fica preocupada não, princesa. O Hideo não vai permitir que nada de ruim te aconteça – disse Hideo referindo-se estranhamente a ele mesmo na terceira pessoa.

Enquanto Hideo e Nara conversavam baixinho, outros meninos estavam caindo na gargalhada em outro canto da sala. Não demorou muito para sabermos o que estava acontecendo:

– Hideo, se você conseguir engolir seis *cream cracker* em um minuto te dou esses 50 reais! – falou João Gabriel, que chegou supersorridente e do nada com esse papo. João segurava o dinheiro em uma mão e os seis biscoitos na outra.

Em sala de aula tem dessas coisas. Nas aulas mais silenciosas, em que você jura que todos estão pensando em um mesmo assunto, sempre tem um que aparece com algo nada a ver. E pior! Todos os outros parecem mudar de canal na cabeça, porque começam a dar a mesma atenção para qualquer coisa que lhes é apresentada. Megacomum isso acontecer.

Enfim, desafio aceito de imediato.

Enquanto Hideo estava completamente entalado com o quarto biscoito, já sem nenhuma saliva na boca cheia de farelo seco, e faltando apenas cinco segundos para completar o minuto da aposta, chega o professor Inácio bastante animado, dando aquele bom-dia de apresentador infantil de tevê. Hideo imediatamente coloca para dentro os dois biscoitos restantes e estende a mão para João lhe passar a bufunfa.

– Um minuto cravado! – gritou Nara batendo palmas, superfeliz e orgulhosa do amigo.

– Mas a aposta era engolir, tá ligado? Engolir! Perdeu, amigo, perdeu... – disse o sádico do João Gabriel, guardando os 50 reais no bolso.

Hideo nem podia falar nada. Primeiro, porque tinha mesmo perdido a aposta e, depois, porque a língua dele nem tinha espaço para se movimentar. Enquanto ele se entendia com a boca lotada de biscoito esmigalhado, o professor Inácio começou a falar:

– Muito bem, hoje vamos começar o capítulo novo. Não precisam ter medo, pois a Física e as leis de Newton são de muito fácil compreensão – disse para os alunos devidamente aterrorizados pelos colegas da outra turma que estava bem mais adiantada na matéria. – A Física é a disciplina que busca compreender os fenômenos da natureza. Quando o homem passou a fazer uso dos conceitos dessa maravilhosa ciência e de seus princípios, a vida na Terra mudou... E para melhor! Antigamente, andávamos a cavalo; hoje, o homem viaja em foguetes! – poetizou o professor empolgadíssimo e querendo animar a galera assustada.

Enquanto os alunos ainda estavam pegando o material e se organizando para o início efetivo da aula, que se dá no momento em que o professor escreve algo no quadro, Inácio continuava a pregação:

– Quem aqui já não ouviu dos pais: "Meu filho, ouça a voz da experiência, aprenda com os mais velhos..."?

– Minha mãe sempre fala isso, fessô! Mas vive me pedindo para eu ensinar a ela coisas no computador. Nem mandar *e-mail* ela sabe direito! – João Gabriel, tremendo gaiato, interferiu como sempre na conversa.

– Mas ela fala de experiência de vida, meu filho – disse Inácio sem perder o foco. – A sua mãe está brilhantemente correta em dizer que os jovens devem aprender com os mais velhos. E quem dentre nós é o mais velho?

– O senhor, claro – respondeu João Gabriel sem captar a essência da mensagem do amado mestre.

– Não, meu filho. A natureza. A natureza tem bilhões de anos! Ela sabe o que está falando. Então, vamos ouvi-la, pois ela nunca nos deixará sem respostas! – aff!... Assim viajava o professor Inácio.

Ainda havia alunos se ajeitando enquanto o professor ia se extasiando com o próprio discurso:

– Basta compreender a linguagem da natureza! E suas leis são tão simples que até mesmo um ganso consegue captá-las! Já viram gansos voando em forma de V? – no exato instante em que falava isso, ele rabiscou uma letra V do tamanho de um hipopótamo no quadro.

Embaixo da data daquele dia em que ocorreu a aula, uma colega ao meu lado copiou no caderno aquela aberração de rabisco com o título: gansos. A sala de aula, definitivamente, é um lugar estranho de se frequentar. Voltemos ao professor:

– Por que eles voam assim? Porque só assim eles reduzem de forma considerável a resistência do ar e se cansam bem menos! Os gansos usam e abusam das leis da natureza! E as abelhas? Por que as abelhas escolhem o corte transversal hexagonal para construir os favos de mel? Por que elas não fazem cada célula triangular, ou quadrada, ou com outra forma qualquer? Porque elas conhecem as leis da natureza! A questão se resume em encontrar a forma bidimensional que pode ser repetida indefinidamente para cobrir uma grande área plana de modo que o comprimento total dos perímetros seja o menor possível. Sabe para quê?

– Para elas gastarem menos material na "obra"? – respondeu alguém lá do outro lado.

– Justamente, meu filho! E os castores, que conseguem construir uma represa? Eles coletam folhas, gravetos e lama e empilham, bloqueando o fluxo de água! É a força da própria corrente que sedimenta os dejetos, compactando-os firmemente e criando um dique. O castor também conhece as leis da natureza!

Ninguém podia negar que o professor Inácio era um cara empolgado. Mas todos sabiam que esse blá-blá-blá gostoso, essa ufana viagem na maionese total, duraria somente dez minutos. Depois... Lá viriam as contas, as equações, os problemas *cavernééééisimos*, como diziam os alunos quando se deparavam com uma questão acima do "nível fácil".

– Galileu disse que a natureza está escrita em um grande livro que está aberto diante de nossos olhos! Mas não se pode entender esse livro se não se aprende antes a língua e os caracteres com os quais ele foi feito. Em que linguagem vocês acham que o livro da natureza está escrito? – perguntou Inácio, com o dedo em riste.

A mente dos alunos já estava fervilhando de respostas inusitadas.

– Ele é escrito em uma linguagem matemática! – pronto. Respondeu o próprio Inácio. Nem deu tempo de a gente fazer uma brincadeirinha...

O professor nem deixava os nossos neurônios respirarem. Como assim a natureza está escrita em linguagem matemática? O que ele quer dizer com isso?

– Então, meus queridos alunos, todas as obras da natureza têm uma lógica matemática, sabiam? O homem, a partir do momento em que tomou consciência desse livro, mudou para sempre e para melhor a forma de pensar! – concluiu o professor seu ligeiro devaneio.

– ÓÓÓÓÓÓÓÓÓ! – brincaram uns alunos que já conheciam bem a empolgação do Inácio. Mas o danado do professor não se abalava nem com o deboche. Ele tinha mesmo o dom de querer a qualquer custo impressionar e motivar a galera. Legal isso em um professor. Não sei como ele não se cansa dessa vida magistral.

– Ao longo dos anos, meus filhos, aperfeiçoamos e conseguimos traduzir muitas leis da natureza, claro, depois de muito observá-la!

O professor Inácio é assim mesmo: fala tudo na primeira pessoa do plural. Nós isso, nós aquilo... Como se tivesse ajudado a descobrir alguma coisa. Igual ao professor de História, que fica falando que nós conseguimos grandes vitórias em pequenas batalhas da Segunda Guerra Mundial. Lutou, por acaso? Eita mania mais esquisita de participar da festa sem ao menos ter sido convidado!

– Isaac Newton com toda a sua genialidade conseguiu perceber que, se uma pessoa puxa uma cadeira para um lado e outra pessoa puxa a cadeira com uma força de mesmo valor para o lado oposto, uma força cancela a outra. E a cadeira? Não sai do lugar!

– ÓÓÓÓÓÓÓÓÓÓ! – de novo os alunos debocharam do professor Inácio. Coitado. Supercomovido com o que estava falando. Mas desta vez ele mereceu. Precisa ser gênio para ter dito esta bobagem? Fala sério!

– Mas se os dois puxarem a cadeira para o mesmo lado, o que acontece? Ela sairá do lugar e se moverá com a maior aceleração possível! E mais! Newton, só de ver uma maçã cair, percebeu que a força que faz uma maçã cair é da mesma natureza da força que faz a Lua girar em torno da Terra. E ainda nos disse que quando a Terra puxa uma pedra para baixo, a pedra puxa a Terra para cima! Ele vislumbrou uma força que pode atuar à distância, sem contato entre os corpos! Quaisquer dois corpos que tenham massa sofrem atração mútua! A Terra atrai a Lua, a Lua atrai a Terra, a Terra atrai a pedra e a pedra atrai a Terra!

A esta altura do discurso acalorado, regozijado e, por que não dizer, sem pé nem cabeça do professor Inácio, Hideo já havia se recomposto, se desentalado e engolido de vez aqueles seis biscoitos; lembrou-se de que o amigo da outra turma, alguns dias antes, havia contado a ele que o professor Inácio deliraria com essa conversa superesquisita da pedra puxar a Terra para cima. E ele, Hideo, havia vindo ao mundo para impedir que mais tragédias acontecessem no Universo, tipo ele chegar em casa de novo com uma nota baixa em Física.

Hideo estava pronto para salvar o mundo.

Capítulo 3

Com a caneta azul na mão, o professor Inácio deu as costas para a turma e escreveu no quadro: Primeira lei de Newton. Sublinhou fazendo ondinha com a caneta vermelha. Depois colocou entre parênteses: (Lei da Inércia). Sublinhou de novo fazendo mais ondinha vermelha. Virou-se para turma e falou:

– A primeira lei de Newton, também conhecida como Lei da Inércia, diz que um corpo tende a continuar em seu estado de repouso ou em seu estado de movimento retilíneo e uniforme, isto é, quando ele está andando em linha reta, sempre com a mesma velocidade. Para mudar esses dois estados, de repouso ou de movimento, precisamos aplicar uma força no corpo.

Os bocejos não tardaram a aparecer. Ai, que desânimo... Mais uma coisa que vamos aprender que não vamos usar para nada. É claro que um corpo em repouso, para se movimentar, precisa de um empurrão.

– E isso está aí na natureza e de forma explícita no seu dia a dia! Querem ver? – perguntou Inácio.

Ninguém respondeu.

– Quando o ônibus freia, o nosso corpo se projeta para frente, não? Por quê?

Ninguém respondeu.

– Porque, se estamos em movimento, pela primeira lei de Newton, tendemos a continuar em movimento! Porém, quando o ônibus acelera, saindo do repouso, nosso corpo é projetado para trás, não? Por quê?

Ninguém respondeu.

– Porque o nosso corpo tende a permanecer em repouso! Essa propriedade que os corpos possuem de permanecer nesses dois estados, repito: em repouso ou em movimento retilíneo e uniforme, se chama inércia. Entenderam?

Ninguém respondeu.

– Já viram aquele truque de mágica em que o mágico puxa a toalha e todos os copos e pratos não saem do lugar?

Ninguém respondeu.

– Então, eles ficam parados por causa da inércia que eles possuem. Eles estavam parados, não estavam? Então, eles têm a tendência de permanecer parados, pela primeira lei! O truque é só diminuir bem o atrito entre a toalha e tudo o que estiver colocado em cima dela que a inércia dá conta do resto. Querem outro exemplo?

Ninguém respondeu.

– Um foguete no espaço pode se movimentar apenas por inércia, sem o auxílio dos propulsores! Quando os propulsores do foguete são desligados, ele continua seu movimento em linha reta e com velocidade constante, sem que nenhuma força seja necessária para empurrá-lo para frente! Por que ele se movimenta, então?

Ninguém respondeu.

– Por causa da propriedade que todos os corpos têm que se chama... ?

Ninguém respondeu.

– I-nér-cia! – falou o professor bem devagar e baixinho, como se tivesse contando um segredo, olhando cada um de nós no olho.

Dito isso, o professor se virou novamente para o quadro e escreveu embaixo de "Primeira lei de Newton": Na ausência de forças, um corpo em repouso continua em repouso, e um corpo em movimento continua em movimento retilíneo uniforme (MRU). Depois escreveu: Segunda lei de Newton. Sublinhou com caneta de outra cor balançando a mão bem rápido para fazer a ondinha bem bonitinha.

Não. O professor Inácio não podia continuar. Era chegada a hora de Hideo resistir heroicamente ao aprendizado!

– Mas, professor – começou Hideo –, isso que você está falando... é verdade? Eu posso confiar?

– Que pergunta, meu filho! Claro que pode! Isso é ciência no seu mais alto requinte. Isso é conhecimento científico! – respondeu o professor Inácio, com um sorrisão de dar gosto.

– Mas, professor, o que é conhecimento científico? – Hideo perguntou por perguntar e para ganhar tempo.

– Conhecimento científico, meu filho, é conhecimento confiável, porque é conhecimento provado de forma objetiva. Opiniões, preferências pessoais ou especulações aqui não têm vez. Estou usando a palavra "objetiva" para contrapor à "subjetiva", que pode ser entendida como algo relativo ao sujeito, ou seja, algo baseado em uma interpretação individual. Entende?

Hideo balançou a cabeça positivamente.

– Então – continuou o professor –, a ciência é um conhecimento objetivo. As teorias não são frutos de opinião. Elas são derivadas de um processo rigoroso obtido por uma observação muito cuidadosa e por experimentos elaborados de forma que possam ser repetidos por qualquer um – explicou o professor, bem calmo e sério.

– Então prova a primeira lei de Newton para a gente, professor. Estou doido para ver!

Na verdade, Hideo não estava doido para ver nada. Isso a gente já sabia. Ele queria era ganhar tempo, ou, vá lá, "dependendo do referencial", perder tempo. Mas o que ele não sabia é que ele estava mexendo – para abusar das metáforas – num vespeiro: o calcanhar de Aquiles[1] da Mecânica Clássica.

[1] Você sabe o que quer dizer "calcanhar de Aquiles"? Então, vou te explicar rapidinho aqui. Segundo a mitologia grega, Aquiles era um grande guerreiro, filho de Tétis, deusa grega do mar. Tétis tencionava garantir a imortalidade do seu filho ao mergulhá-lo nas águas do Rio Estige. Foi dessa forma que Aquiles se tornou invulnerável, exceto no único ponto por onde Tétis o segurou e que não foi molhado: o calcanhar. Aquiles venceu muitas batalhas na Guerra de Troia, mas morreu por uma flecha que atingiu justamente seu ponto fraco: o calcanhar. Por isso, a expressão "calcanhar de Aquiles" é usada para indicar o ponto fraco de alguém. Qual seria o seu "calcanhar de Aquiles"?

Capítulo 4

O professor Inácio, inicialmente, não se intimidou com o pedido feito pelo seu "interessado" aluno Hideo. Ora, pois, provar a Lei da Inércia? Moleza!

– O que vocês precisam entender é que a ciência começa com a observação. As afirmações às quais se chegam através de uma observação meticulosa formam a base a partir da qual as leis e teorias que constituem o conhecimento científico devem ser derivadas.

– Não entendi, professor... – reclamou Nara.

– O que estou querendo dizer é que qualquer um, ou seja, qualquer observador pode conferir a verdade de uma lei da natureza usando somente os sentidos, já que as leis da Física podem ser provadas através da observação, entendeu?

Nara continuava com o mesmo semblante...

– Por exemplo: por que você acha que existe cinto de segurança nos carros? – o professor Inácio era um cara experiente. Lá estava ele dando mais exemplos para que a turma entendesse.

– Para eu não me machucar? – respondeu Nara de forma insegura.

– Sim! Claro! E de que forma você se machucaria, caso não usasse o cinto de segurança? – o professor Inácio retomou a "prova" da primeira lei para o Hideo usando a nossa própria experiência do dia a dia, ou seja, nossos sentidos. Como ele mesmo falava, há física por todos os lados na nossa vida. Que lindo.

– Indo para frente quando o carro freasse? Batendo a cabeça no vidro? Sendo projetado para fora do carro? – retorquiu Hideo, sem ainda entender aonde o professor queria chegar.

– Isso, meu filho! Sabe por que você seria projetado para frente? Porque você já estava em movimento! E, pela *primeira lei de Newton*, o seu corpo tem uma propriedade de permanecer com essa velocidade que se chama *inércia*. Entendido? – finalizou satisfeito a "prova" da lei.

– Mais ou menos... – disse Hideo ao mesmo tempo que pensava em outra forma para enrolar mais um pouquinho a aula. – Isso vale para o mundo todo? – perguntou por perguntar.

– Vale! Newton descobriu leis *universais*! O que ele descobriu e outros físicos também descobriram é válido não somente para a Terra mas para todo o Universo! Não é maravilhoso isso? – o professor Inácio chegava a ficar vermelho falando da ciência. Um troço de doido mesmo. Só vocês vendo.

– Mas, peraí, agora eu não entendi *meeeeessssssmo*. – falou Hideo, feliz por ter percebido mais uma oportunidade de embromar o professor. – Se a Física é baseada na experiência, então como é possível extrair de observações feitas por nós uma lei universal? Como pode essa "lei da inércia" e outras que nem quero saber – rateou nosso amigo – não serem restritas para nós que as criamos se são justificadas em nossas evidências *limitadas*?

Nossa! Hideo mandou *benzaço*! É mesmo... Como pode? Agora até eu quero saber. Responde aê, professor!

– Ah, meu filho, simples – pigarreou. Coçou o nariz. Olhou uma nuvem pela janela. – Simples, meu filho – destampou a caneta. Fez que ia escrever no quadro. Desistiu. Tampou a caneta de novo. – Simples.

Olhou de novo pela janela.

Olhou para a esquerda.

Colocou a caneta no bolso do jaleco.

E, enfim, falou:

– Simples. Primeiro: o número de coisas que observamos deve ser grande. Observar só uma vez não conta. Devemos observar várias vezes antes de afirmarmos que será sempre assim.

Tive a impressão de ter visto uma gota de suor escorrendo na testa do professor, apesar de quase todos nós em sala estarmos usando casaco. O professor falava pausadamente, sem muita segurança.

– E também devemos fazer a experiência em várias condições diferentes – continuou. – Não devemos, jamais, ter pressa antes de concluir alguma coisa, ok? Isso inclusive, meu filho, vale para a vida! O conhecimento das leis da natureza faz com que as pessoas comuns realizem coisas extraordinárias! Essas leis apontam com clareza os caminhos para o sucesso na vida e nos negócios. Por isso eu digo: olhem para a natureza. Entendem, agora?

A turma toda estava muda como aqueles que estão refletindo sobre o que estão ouvindo e esperando que o interlocutor conclua.

– Então, se um grande número de um fenômeno x foi observado sob uma ampla variedade de condições, e se todos esses fenômenos x observados possuem, sem exceção, uma propriedade *y*, então, todos os fenômenos *x* têm a propriedade *y*! Entendem?

A turma toda estava calada como aqueles que estão matutando sobre o que estão recebendo e esperando que outro conclua.

– O corpo do conhecimento científico é construído a partir de uma base muito segura, fornecida pela observação. E mais! Conforme o fundo de dados de observação aumenta, a ciência cresce, para a frente, para o alto! E sabe qual é a característica mais importante da ciência?

A turma toda estava acanhada como aqueles que não estão entendendo muito bem aonde o professor quer chegar e esperando que ele termine logo com aquilo.

– É a capacidade de prever e explicar. É o conhecimento científico que possibilita o homem prever quando vai ser o próximo eclipse ou explicar o porquê de o arco-íris ser um arco e não um quadrado. Uma vez que o homem da ciência tem leis e teorias universais à sua disposição, ele consegue evitar catástrofes porque ele consegue prever! Os seres humanos fazem uso de seu raciocínio lógico, que os guiará seguramente. Por exemplo, meu filho, os metais se expandem quando aquecidos, não? O homem, sabendo disso, não faz trilhos de trem contínuos porque, com o calor do Sol, os trilhos se aquecerão e entortarão. Por isso temos pequenos espaços entre uma barra de ferro e outra em todos os trilhos de trem do mundo! Isso não é o máximo?

Ah, sim. Agora sim. Começou um falatório danado entre a gente depois disso.

É. Faz sentido. A ciência é mesmo algo bem interessante. E seguindo o que o professor Inácio acabou de dizer aí em cima, é um conhecimento bastante seguro. Elemento pessoal ou subjetivo não tem vez com a ciência. E isso é superlegal. A validade do que é descoberto não depende do gosto, da opinião ou da miopia do observador. É tudo "pão, pão, queijo, queijo". Tudo o que a ciência provou pode ser averiguado por qualquer observador pelo uso normal dos sentidos. E as proposições de observação que formam a base da ciência são megaconfiáveis, porque sua verdade, como disse o professor, pode ser verificada pelos olhos de qualquer um. Isso posto e entendido, acho que o professor Inácio pode começar a aula dele, *né*?

Hideo estaria satisfeito? Teria como Hideo duvidar e questionar tudo isso que foi dito de forma tão clara? Correria Nara risco de perder mais seguidores em suas redes sociais? Poderia Hideo ajudá-la? Como Hideo poderia salvar o Universo-turma-cento-e-três-da-Nata-do-Saber do *tsunami* das equações que viriam? Como?

Capítulo 5

O professor Inácio havia recuperado o fôlego depois de muito expor seus conhecimentos interessantíssimos e superirrefutáveis sobre a ciência – como ele mesmo afirmava. Está tudo aqui, ali e acolá provado e, se a gente quiser confirmar, é só olhar direito.

É. Não tinha mesmo jeito. A aula iria começar.

– Mas, professor... Se eu seguir a lógica *sempre*, *nem sempre* eu me darei bem!

O quê? Hideo ainda não havia desistido? Não há mais como enrolar, meu filho! O professor Inácio encheu os pulmões de ar e os esvaziou bem devagarzinho. Ficou olhando para o aluno só esperando para ver se ele falaria mais alguma coisa.

– No ano passado, eu estive em Itajubá, no sul de Minas. Minha mãe morava lá.

Ai, gente! Para tudo! Fala sério! O nosso amigo é um mutante praticamente! Fruto da união de um japonês com uma mineira. Que legal! Quase um Goku mesmo! Mas vamos ouvi-lo:

– Daí, professor, eu fiquei aqui pensando no leitão que foi assado no domingo de Páscoa. A tia da minha mãe, a tia Vicentina, que mora lá numa roça, comprou o porquinho numa feira. Vivinho da silva. E ficou dando comida para ele durante um mês, sabe? Todo dia, assim que o Sol nascia, a tia Vicentina, que dormia com as galinhas e acordava com o galo...

– AAALLÁÁÁÁÁ. URRÚÚÚÚÚ PÓPÓPÓÓÓÓÓ – gritavam alguns colegas de sala, zombando da pobre da tia Vicentina.

– Modo de dizer, viu, galera? Respeita a minha tia, aê, por favor – Hideo falou supersério. A galera percebeu que passou dos limites e fez-se o silêncio. – Mas a tia Vicentina, todo santo dia, dava comida para o porquinho na mesma hora! Se o porco usasse da lógica e soubesse pensar, ele concluiria, depois de observar durante uma ampla variedade de circunstâncias, como o senhor falou que os cientistas fazem, quer fizesse chuva, quer fizesse sol, que ele seria alimentado assim que o dia clareasse, por volta das sete da manhã. Logo, ele receberia comida todas as vezes às sete da manhã e poderia dormir sempre com essa certeza. Só que aí, professor, no domingo pela manhã, minha tia Vicentina, em vez de chegar com ração, chegou com um facão! E era uma vez um porquinho...

– ÓÓÓÓÓÓÓÓÓÓÓ! – a turma fez praticamente em uníssono. E, dessa vez, de forma séria. Sem deboche. Comem carne todo dia, mas com cinco segundos de história se apegaram ao porquinho e amaldiçoaram a tia Vicentina por tamanha crueldade com os animais do planeta Terra.

O professor Inácio não estava com uma cara boa. Também pudera... Com uma história macabra daquela... Mas, pelo que ele respondeu, ele não estava nem aí com o porco.

Eu aproveitei para pensar nessa história de comermos bichos. Não sou vegetariana, mas se tivesse que matar para comer, acho que viraria. Será uma espécie de covardia isso? Enquanto divagava sozinha com meus botões, o professor continuava com o foco no propósito do Hideo de nos contar isso. Depois pensamos sobre isso, agora vamos ouvir o que o professor Inácio tem a dizer, porque parece que vem coisas profunda aí.

– Olha, vamos aos fatos. As leis da ótica que foram derivadas da experiência têm sido usadas para construir telescópios, óculos, microscópios, e todos esses instrumentos têm funcionado muito bem! As leis de Newton foram usadas para a descoberta de outros planetas e, usando e abusando delas, conseguimos prever eclipses e construir aviões! Como duvidar da certeza da ciência? Ou duvidar de que ela é um conhecimento seguro?

A impressão agora é que o professor não estava respondendo ao ponto principal colocado por Hideo.

– Mas, professor, tem alguma coisa estranha nisso tudo... – falou Hideo, com a testa superenrugada.

Não falei que estava esquisito tudo isso? Eu não sei exatamente o quê, mas que tem algo no ar que precisa ser aprofundado, ah, isso tem!

– Eu contei a história do porco numa tentativa de mostrar que, se uma coisa foi bem-sucedida sempre, não implica que será para sempre bem-sucedida! – continuou Hideo.

De fato, pensando aqui sozinha, se observarmos sempre a mesma coisa acontecendo, isso não quer dizer que essa coisa acontecerá para sempre.

– E o senhor, para defender esse procedimento que a ciência usa, ou seja, observar, observar e observar, e dessas observações descobrir uma lei natural, está usando nesta defesa o argumento que está sendo julgado, não? – observou Hideo, desta vez sabiamente.

– ... – refletiu silenciosamente o professor Inácio.

– Seguindo a sua lógica – continuou o nosso amigo –, para defender que um fenômeno irá se repetir para sempre porque já aconteceu várias vezes, você utiliza o seguinte raciocínio: se a forma que pensei uma coisa foi bem-sucedida numa ocasião 1, na ocasião 2, na ocasião 3, então, a forma que pensei será bem-sucedida sempre?! O argumento que o senhor está usando para *justificar* que a sua *forma de pensar* está correta utiliza exatamente a *mesma* forma de pensar!

É mesmo... Hideo tem razão! Há uma circularidade envolvida nessa explicação! Eu nem tinha reparado! A justificativa do professor Inácio não pode ser sustentada do jeito que ele falou. A turma estava em silêncio, digerindo as conclusões de tudo aquilo mais a história do porco e, alguns, até parte de um porco qualquer que comeram na janta do dia anterior.

– E, professor, posso falar só mais uma coisinha? – perguntou Hideo educadamente.

– Hã-hã – respondeu o professor Inácio sem abrir a boca e beliscando o queixo com o indicador e o polegar da mão direita.

– Essa parada que o senhor falou da gente observar muitas vezes para ter certeza... Isso também está estranho. Para mim, bastou uma vez eu ter me queimado com o fogo de uma vela para ter a certeza de que o fogo queima!

O nosso herói estava de volta! E o primeiro tempo de aula já estava acabando. *Yeah*!

Capítulo 6

O professor Inácio andava agora de um lado para outro com a mão no queixo. Estava bem sério. Certamente estava ruminando aquele porco que morreu esfaqueado pelas mãos da tia Vicentina. Se o porco não tivesse morrido de morte matada e fosse alimentado para sempre até morrer de morte morrida, a aula já teria começado.

– Tô bolado com essa história do porco – disse João Gabriel, com uma voz supertriste, para os colegas que estavam perto dele.

– Que porco? – perguntou Nara, assustada que estava mexendo no celular escondidinha no canto e alheia a toda aquela maravilhosa discussão. Acho que ela estava pensando que estávamos tendo uma aula normal.

– O porco do Hideo! – respondeu sem paciência à amiga e num tom mais alto.

– *Tá* me chamando de porco por quê? Posso saber? – Hideo já não estava com muita paciência com João porque ele havia feito o nosso amigo pagar o maior mico na frente dos colegas com aquela história de engolir seis biscoitos em um minuto. – Eu querendo salvar a pele de vocês e vocês aí me xingando – falou Hideo baixinho, mas bem firme na sua indignação pela ingratidão do amigo.

– Cara, nada disso. Fique tranquilo. Eu estava falando do porco da sua tia – explicou-se João Gabriel. – E estamos orgulhosos de você! Estamos pensando até em fazer uma "Liga da Justiça" para te ajudar nessa grande missão!

– Ótimo. Eu não sei se vou conseguir pensar por muito mais tempo. Isso cansa! Acho que até perdi peso nessa aula. Estou perdendo as forças. Vê quem quer fazer parte da liga e me diz. Temos que nos reunir para discutir bem os próximos passos! Primeira batalha praticamente vencida!

Enquanto os alunos cochichavam, o professor Inácio continuava mudo, sem dizer nem uma palavrinha sequer e parecia até que havia ficado surdo. Nem ouviu o Yuki, nosso outro amiguinho também meio oriental, pedir para ir ao banheiro. E parecia que havia ficado cego também porque Yuki saiu sem nem mesmo ter recebido a autorização do professor.

– Então vou mudar o que havia falado – quebrou o silêncio o professor. – Conhecimento científico não é um conhecimento comprovado, mas sim, *provavelmente* verdadeiro. Quanto maior for o número de observações formando a base de uma teoria e maior a variedade de condições sob as quais essas observações são feitas, maior será a *probabilidade* de que as conclusões e as leis extraídas delas sejam verdadeiras. Ficou melhor para vocês? Então, se um *grande* número de um fenômeno x foi observado sob uma *ampla* variedade de condições, e se todos esses fenômenos x observados possuem, *sem exceção*, uma propriedade y, então *provavelmente* todos os fenômenos x têm a propriedade y! – disse o professor Inácio, com os olhos arregalados e bem feliz de novo.

– Não sei, não, professor – falou o nosso herói. – Tem algo ainda estranho nisso. Não entendo muito de probabilidade, não, mas sei que esse é um terreno meio pantanoso porque meu primo, Paulo, faz faculdade de Estatística e, vira e mexe, vem com alguma pegadinha pra mim e eu sempre caio. Nesse nosso caso, acho que o problema é ainda esse negócio das leis da Ciência ganharem o *status* de universal. Por mais que a gente observe um fenômeno, teremos um número finito de observações, enquanto uma afirmação *universal* pede um número infinito de situações possíveis, não é? E tem mais uma coisa que está me incomodando nisso tudo...

– Vai, Hideo, você está quase conseguindo. Só mais três minutos! – cochichou João Gabriel no ouvido do amigo.

Hideo, então, deu o último golpe:

– Os meus avós estiveram na Itália no ano passado. Meu avô sempre gostou de História. Minha avó adora comer e, quando viaja, o foco é conhecer restaurantes bem diferentes. Ela me disse que não entendeu nada quando viu o meu avô, lá em Roma, chorando e olhando aquele troço todo quebrado. O "troço" era o Coliseu! Talvez, se ela soubesse tudo o que meu avô sabe também tivesse se emocionado. Isso foi somente um exemplo, professor. Há muitas situações em que pessoas veem a mesma coisa e sentem coisas diferentes, concorda? Então, eu me pergunto: se a ciência pode realmente começar a observação, se não soubermos a teoria antes, será que conseguiremos observar o fenômeno? Eu sei, professor, que as observações são importantes. Claro que são! Só não consigo concordar que as observações constituem uma base firme na qual o conhecimento científico possa ser fundamentado.

Bateu o sinal. O professor saiu da sala dando um tchau muito chocho pra galera e dizendo que, na aula que vem, começaria com as leis de Newton.

– É o que veremos – disse Hideo, assim que o professor Inácio saiu.

Capítulo 7

Hideo havia conseguido impedir que o professor Inácio começasse a ensinar as tais leis de Newton na primeira aula do bimestre. A intenção dele, como sabemos, era simplesmente sabotar a aula fazendo umas perguntinhas básicas. Ele não contava, todavia, com aquela reação estranha do professor. Hideo não sabia que era capaz de fazer um professor de Física pensar tanto sobre uma pergunta feita por um aluno como ele. O herói da turma-cento-e-três nem sonhava que possuía esse dom e, agora, ao tomar consciência desse poder, mal sabia como usá-lo direito. Estava, porém, bastante animado com a constatação de que era capaz de silenciar um homem da ciência por alguns (e não poucos) minutos.

Nem todos estavam se divertindo com aquelas perguntas que Hideo estava fazendo para o professor Inácio. Ian, seu colega de turma que decidiu fazer faculdade de Física logo depois da primeira aula com o professor Inácio, estava muito aborrecido com a falta de respeito do nosso amigo.

– Quem você pensa que é para ficar brincando com algo sagrado como a ciência? – perguntou Ian para Hideo. – Se você não gosta e não acredita, respeite pelo menos!

Já outros não só não estavam irritados como até estavam gostando da prosa. Ficaram curiosos para saber como essa coisa chamada "ciência" funciona, afinal.

– Não há dúvida de que essa parada funciona. Mas como? – perguntou Luísa para Leonardo em plena hora do recreio. – Fiquei encucada com essa história. Desde ontem estou pensando nisso. Como essa parada dá certo? Como?

– Boa pergunta. Vamos esperar para ouvir o que o professor vai falar – respondeu Leonardo, olhando para o relógio, ansioso para ter a próxima aula de Física, que seria no primeiro tempo após o grande intervalo.

Yuki aproveitou o restinho do intervalo para ir ao banheiro, coisa que ele nunca fazia. Preferia perder tempo de aula a perder tempo de bate-papo com os amigos. Mas, dessa vez, ele queria ouvir toda a discussão que prometia ser pior ainda ou, "dependendo do referencial", ainda melhor do que a da última aula em que ele foi obrigado, praticamente, a sair da sala às pressas sem nem esperar a autorização do professor.

Enquanto isso, Hideo estava se preparando para o novo *round*. Mentiu que estava com dor de cabeça só para poder ficar deitado um pouco na enfermaria da escola. Sabia que lá era o único lugar daquele estabelecimento em que não seria importunado por mais ninguém e onde poderia pensar com tranquilidade, condição necessária para que o poder recém-descoberto crescesse e se agigantasse dentro dele.

Capítulo 8

O professor Inácio chegou, como sempre, animado. Nada como um dia após o outro. Em nada lembrava o homem cabisbaixo que se despediu da turma na aula passada.

– Bom dia, minha gente! Antes de começar a aula de hoje, eu vou finalizar a discussão que tivemos na aula passada. Coisa rápida porque não tem mistério nenhum. De fato, eu havia me equivocado. As observações que os cientistas fazem na natureza são orientadas por uma teoria que já as supõe.

Os alunos estavam atentos. Coisa rara entre a gente, mas, de fato, estávamos querendo saber como o professor Inácio responderia àquelas questões.

– Na última aula, ao ouvir Hideo falando dos avós dele na Itália, eu me lembrei de um físico que muitos de vocês ainda não conhecem: Hertz.

Ninguém nunca tinha ouvido falar. Quer dizer, só no, digamos, primo dele, o mega-hertz...

– No final do século XIX, ele realizou um experimento que lhe permitiu detectar as ondas de rádio pela primeira vez.

Bem que estávamos desconfiando que tivesse algo com o rádio...

– Ele, na verdade, queria testar a teoria eletromagnética de Maxwell para ver se ele, Hertz, seria capaz de produzir as ondas de rádio que a teoria de Maxwell previa existir. Se ele não estivesse com a teoria antes na cabeça, ele não saberia nem selecionar para onde deveria olhar, concordam?

– Ué! Por quê? – perguntou Nara, que esqueceu que tinha celular.

– Como ele sabia que deveria olhar para o valor que os medidores apontavam e não para a cor da mesa em que o aparelho estava apoiado ou o tamanho do laboratório? Hideo tinha razão em se sentir incomodado na aula passada! As observações e os experimentos são, de fato, realizados para testar uma teoria ou corroborá-la, ou seja, a teoria vem antes da observação!

– Hideo estava certo? – assustou-se João Gabriel.

– Sim! E se uma teoria ou o nosso conhecimento sobre ela estiver ainda incompleto, a orientação que elas, as teorias, oferecem sobre como devemos observar determinado fenômeno pode nos pregar uma peça. Vejam vocês, uma das consequências da teoria de Maxwell era que as ondas de rádio deveriam ter a mesma velocidade que a luz. E Hertz tentou medir várias vezes essa velocidade e nada de encontrar o valor previsto! Sabem por quê?

Todos estavam em silêncio, ávidos pela resposta que ninguém sabia.

– Simplesmente porque as ondas estavam se refletindo nas paredes do laboratório! O que parecia irrelevante para a experiência estava interferindo diretamente nas medidas realizadas pelo cientista, que morreu sem saber onde ele estava errando ou se era a teoria de Maxwell que estava errada. Então, Hideo tinha grande motivo para se sentir desconfortável e gostaria, inclusive, de parabenizá--lo por isso. João Gabriel puxou uma salva de palmas para o amigo, que estava assustado com aquele discurso do professor. Hideo não contava que o professor Inácio reconheceria que estava errado sem, nem ao menos, ele dizer algo antes.

– Mas, professor, como a ciência então funciona? – perguntou Leonardo.

– Para encerrar o assunto e começarmos logo a aula, vou tentar ser breve. As teorias científicas são, na verdade, suposições criadas de forma livre pelo intelecto humano para dar uma explicação adequada do comportamento de alguns fenômenos do mundo e, quiçá, do Universo, concordam?

Opa! Pera. "Suposições"?! As teorias não são descobertas? Eita, que já estou ficando toda confusa...

– Após elas serem enunciadas, elas devem ser testadas por rigorosos experimentos e atentas observações. As que não passam no teste devem ser abandonadas. Então, embora nunca possamos dizer que uma teoria seja verdadeira, podemos dizer que ela é a melhor disponível; ou seja, uma teoria é, *grosso modo*, um conjunto de hipóteses que são experimentalmente elaboradas com o intuito de descrever de forma precisa um fenômeno.

Ah... Então "essas hipóteses" não são "hipóteses quaisquer", né, professor? – pensei eu quietinha, já que sou dessas que têm medo de perguntar. Parecia que o professor Inácio tinha ouvido meus pensamentos...

– Essas hipóteses são hipóteses que podem ser contestadas de alguma forma, é claro. Por exemplo, sabem por que certas afirmações religiosas não são consideradas científicas? Simplesmente porque não podemos contestá-las. Seja lá o que acontecer, tudo o que se passa nesse mundo corrobora, por exemplo, a crença de que "Deus seja bom".

Havia muitos alunos religiosos em sala. Nesse momento, percebi que já estavam se preparando para uma defesa como se estivessem sendo bombardeados.

– Se eu sofrer um acidente de carro – continuou o professor – e entrar em coma, quebrar cinco costelas, ficar paraplégico, mas não morrer, uma pessoa religiosa pode olhar para mim e dizer: "Esta é a prova da bondade do Senhor". Entende?

Todos estavam tensos como ficam aqueles diante de uma bomba-relógio.

– Se nada tivesse acontecido comigo e o carro ficasse todo amassado, a mesma pessoa poderia me dizer a mesma coisa: "Esta é a prova da bondade do Senhor".

Todos estavam em alerta como ficam aqueles diante de um barulho suspeito.

– E se eu morresse, essa mesma pessoa poderia dizer para a minha mãe, no intuito de consolá-la: "Esta é a prova da bondade do Senhor, ele quis mais um anjo ao seu lado".

O professor parou para beber água. Esse seria o momento certo para qualquer um se manifestar. Mas qual o quê! Alguns coçavam a cabeça, outros permaneceram com a mão no queixo, mas ninguém esboçou querer falar nada.

– Não quero com isso dizer que esse tipo de crença seja certo ou errado, quero somente mostrar que o conhecimento científico não funciona dessa forma. Ele precisa e deve ser contestado. Quanto mais uma teoria for contestada e quanto mais ela for posta à prova, melhor ela será!

– E se não passar no teste? E se descobrirmos algum erro, professor? – perguntou Luísa.

– Ponto para a ciência! – respondeu Inácio. – Pois, certamente, teremos mais um progresso pela frente! Quando uma hipótese bem formulada, ou seja, uma teoria, passar por vários testes rigorosos e for reprovada em um desses testes, quer dizer que um novo problema emergiu, diferente do problema original que foi resolvido. E é assim que a ciência funciona e progride. Onde eu parei na última aula mesmo?

Pronto. O professor Inácio havia esclarecido tudo e a brincadeira chegava ao fim. Ian aproveitou o momento em que o professor estava escrevendo no quadro, de novo, "Primeira lei de Newton", virou-se para Hideo, colocou a mão direita no outro braço logo acima da dobra do antebraço, fechou a mão canhota e levou com firmeza o punho em direção ao ombro mais perto do coração, gesto universal – vulgarmente conhecido como "dar uma banana" – de quem está feliz com a desgraça do outro (o "outro" é geralmente para quem o cotovelo aponta).

Mas o herói da turma, a despeito desse discurso inesperado do professor, mantinha-se firme em sua missão.

– Mas, professor – interpelou nosso amigo –, dizer que a ciência começa com problemas não é o mesmo que dizer que ela começa com a observação?

– De forma alguma, meu filho. As observações que são consideradas *problemas* para a ciência são *problemáticas* apenas à luz de alguma teoria, como você mesmo havia falado na última aula. Por exemplo: por que a água não ferve a 100 °C em grandes altitudes? Existe já uma teoria para que esse problema fosse apontado e a pergunta, formulada. A afirmação de que a ciência começa com problemas não afeta em nada a ideia de a teoria vir antes da observação.

Hideo estava perdendo a força. O poder de silenciar o homem da ciência veio e foi embora. Vapt-vupt! O professor Inácio nem pensou um segundinho sequer para dar essa resposta para Hideo.

– Eu só não entendi direito como a ciência progride, professor – falou Luísa timidamente e, sem querer, ajudando Hideo a completar a indecorosa missão.

Luísa nunca havia perguntado nada para o professor Inácio em outros dias, talvez porque sempre as aulas de Física eram plenas de "dois mais dois": repletas de certezas e de verdades incontestáveis. Mas, desde a aula passada, ainda que ela estivesse superconcentrada e entendendo tudo o que o professor falava, ficava sempre algo sem ser compreendido em sua plenitude.

– Vou, de novo, ser breve – falou o professor. – Preciso começar hoje o capítulo. Bem, a Física de Aristóteles foi, durante muito tempo, bem-sucedida. Ela podia explicar muitos fenômenos. Por exemplo, por que os corpos caem? Responderia Aristóteles: para chegar ao seu lugar natural, que é o centro do Universo. Porém, já adiantando parte de minha aula de hoje, se deixarmos cair uma pedra dentro de um avião, somente para nós, que estamos dentro do avião, ela cairá em linha reta. Uma pessoa de fora veria a pedra caindo, mas ao mesmo tempo indo para frente junto com avião.

– Que é isso, professor?! – interrompeu João Gabriel. – Uma pessoa fora do avião não vê nada caindo dentro do avião! Só se fosse o avião transparente da Mulher-Maravilha e, mesmo assim, tenho lá as minhas dúvidas!

Afe! Um pouco de boa vontade *pelamordedeos*, João!

– Um pouco de boa vontade *pelamordedeos*, João Gabriel! – O professor Inácio parece que leu meus pensamentos de novo! – Você entendeu o que eu quis dizer. Bem... Continuando: o fato é que essa pessoa fora da aeronave não vai ver a pedra caindo em linha reta como a física aristotélica previa que caíssem todas as pedras. A teoria de Newton, que veremos hoje, é bem superior. Ela explica a queda dos objetos, a órbita dos planetas, que também foi explicada de uma forma diferente por Aristóteles, mas mais ainda: fenômenos que não haviam sido sequer tocados pela teoria de Aristóteles! Quer um exemplo?

Sim! Queremos! Pensamos todos.

– A relação que as marés têm com a posição da Lua. Por uns 200 anos, a teoria de Newton foi bem-sucedida – continuava o professor. – Todas as tentativas de mostrar que ela estava errada nesse período fracassaram. Porém, baseados em observações à luz dessa teoria, cientistas não conseguiam explicar a órbita de Mercúrio. A física newtoniana não dava conta também dos fenômenos que estavam sendo descobertos no mundo atômico. No final do século XIX, os problemas pediam novas hipóteses! Einstein conseguiu, com a sua teoria da relatividade, explicar fenômenos que a física newtoniana nem sequer previa e outros que Newton não conseguiu mesmo explicar. E, assim como a teoria de Newton, a de Einstein previa outros fenômenos em que, sem a teoria, jamais pensaríamos, como, por exemplo, o fato de os raios de luz serem curvados por campos gravitacionais fortes. Todas as tentativas de refutar as teorias de Einstein falharam até hoje! E se conseguirem refutar? Ótimo! Sinal de que a ciência vai progredir mais ainda! Entendeu? Podemos, então, começar a nossa aula?

Caramba! Tudo em pratos limpos. Tudo preto no branco. Parecia até que o professor Inácio havia passado uns tempos na enfermaria da escola também. Fala sério! Que beleza de explicação para essa coisa tão interessante chamada ciência! É, meus amigos, parece que o livro acabou aqui. Os professores de Física enlouquecem por qualquer besteira mesmo. É isso. Desculpa qualquer coisa. Obrigada pela atenção de todos vocês.

Até a próxima, gente!

Capítulo 9

— Mas, professor, tem algo estranho nisso que você falou. O quê? Jura que Hideo não desistiu? O que não ficou claro dessa vez? Será que ele quer que o professor Inácio desenhe para ele entender melhor?

— Você disse que uma teoria se torna falsa ou pode se tornar falsa se eu conseguir observar algo que não era previsto por essa teoria, não é isso? – perguntou na maior cara de pau o Hideo.

— Exatamente – respondeu secamente o professor supermaneiro e megainteligente que a gente tanto ama porque ele faz tudo ficar supersimples e divertido aos nossos olhos. Ele canta e até dança para animar a galera. Um fofo que torce pelo nosso sucesso no vestibular.

— Outro dia eu vi a Lua redondinha e enorme entre os prédios. Duas horas depois, ela continuava cheia, mas bem menor e lá no alto. Perguntei a mim mesmo e ao *gúgol* o porquê de ela se distanciar tão rápido e tão depressa da Terra. Perguntei por perguntar, mas fiquei supersurpreso ao ter como resposta que, na verdade, o fato de eu ter visto a Lua gigante no horizonte não passava de uma ilusão de óptica. Tanto no horizonte, onde ela estava enorme, quanto lá no alto, a Lua está à mesma distância da Terra! Como assim? Como pode ser uma ilusão? Perguntei de novo ao *gúgol*. E ele me respondeu que, mesmo considerando o fenômeno como ilusão, ainda não há uma explicação clara sobre o assunto. Pelo pouco que entendi, a Física, então, não previa essa "ilusão". Ou seja, a teoria, que eu nem sei qual é, foi mantida e deram o nome de "ilusão" a algo que observamos sempre e que não foi previsto!

Luísa e Leonardo cochicharam alguma coisa e ficaram olhando atentos para o professor. Ian olhou para Hideo de uma forma que eu jamais quero ver alguém olhando para mim. Yuki, que já ia se levantando, se acomodou de novo. João Gabriel, que costumava sentar numa carteira logo atrás da do Hideo, cumprimentou nosso amigo dando-lhe três tapinhas nas costas. Hideo, por sua vez, piscou o olho esquerdo para Nara. E eu fiquei superfeliz porque seguiremos juntos no livro por mais um bom tempo, dada a cara-de-bolo-de-cenoura-com-caldo-de-feijão do professor Inácio.

Capítulo 10

— No século XVII, meu filho – começou a explicar o professor Inácio, bem sério –, Galileu viu as luas de Júpiter através de um telescópio bem rudimentar e afirmou a existência desses satélites. Kepler, um astrônomo contemporâneo de Galileu, que também observava muito o céu, após descobrir que os planetas giram em torno do Sol com uma velocidade que não é constante, disse que havia uma "música celestial" tocada pelos planetas. Ele imaginou um coro no qual Mercúrio seria o soprano, Marte, o tenor, Júpiter e Saturno, por estarem mais distantes, seriam as vozes mais graves e, portanto, os baixos. Chegou a esboçar uma partitura para essa "música". Tanto Galileu quanto Kepler fizeram declarações baseando-se em observações, concorda? Na época, os adversários de Galileu chegaram a dizer que aquilo que Galileu via como luas seriam aberrações criadas pelo próprio telescópio. Conforme o tempo foi passando e os telescópios se aperfeiçoando, as observações de Galileu se mostraram verdadeiras. Em contrapartida, as de Kepler, não. Então, se uma observação perdura durante muito tempo e sobrevive a testes pode sim derrubar uma teoria, entende? Não há problema algum aí.

– Não há um só, professor. Há vários, a meu ver – interpelou Hideo, com um sorriso muito mal disfarçado.

Caramba! "Vários" é muita coisa! Hideo já não estava mais vendo cabelo em ovo e, sim, um ovo completamente peludo!

– Você está dizendo que uma teoria deve ser testada experimentalmente, não? E se uma observação, como fez esse tal de Galileu, persistir, então ela pode se tornar verdadeira e servir inclusive para derrubar uma teoria. Vamos considerar agora a Lua de novo, que eu vi bem grande, bem perto e que depois se afastou da Terra. Os cientistas dizem que tudo não passa de uma ilusão, mas não sabem explicar exatamente essa "ilusão".

– Não sabem agora, mas futuramente eles vão saber, né, professor? – indagou Ian.

– Justo, amigo! Justo! – disse Hideo para Ian. – E é esse o ponto a que quero chegar. Essa parada de que uma teoria pode ser derrubada através de observações que não sejam previstas pela teoria não é algo certo e muito menos claro! Não podemos descartar nem considerar de forma segura as observações que contradigam uma teoria, como o que ocorre com a Lua, que dizem que "parece" que está perto, mas não está.

– E quais são os outros pontos? – perguntou bem sério o professor Inácio para nosso amigo.

– Na verdade, é basicamente esse multiplicado pelo número de vezes que isso aconteceu na história. Eu não sei quantas foram, mas tenho certeza de que aconteceu mais de uma vez. Mas quer saber? Nem importa, pois, basta uma vez para que eu desconfie e que possa afirmar que não é bem assim que essa coisa chamada "física" funciona. Como funciona, eu não sei, mas assim como o senhor falou é que não é!

Pronto. Lá estava o coitado do professor Inácio pensando de novo.

A verdade é que o professor nunca havia parado para pensar nessas coisas que Hideo e alguns colegas estavam perguntando. Mais verdade ainda é que ninguém refletiria sobre nada daquilo se não estivéssemos todos sendo estimulados uns pelos outros a pensar. Ainda que ninguém tivesse resposta para nenhuma daquelas perguntas, a impressão que se tinha quando isso ocorria entre a gente é que estávamos vendo tudo com mais profundidade. Ando desconfiada de que conhecimento não é entender um assunto e sim saber o quanto algo que estamos estudando não é alcançável por nós.

O professor Inácio, tadinho, dava até pena. Ele contou pra gente, no pátio da escola, o que se passou naqueles segundos em que ficou de olhos fechados na nossa frente. Quando as aulas de Física terminavam, após essa nova dinâmica de aulas que estávamos tendo, seguia um bando de alunos atrás do professor para continuar aquelas discussões. E daí ele desatou a falar:

– Eu achava que uma teoria física fosse para fornecer uma explicação de determinado fenômeno, mas, se for isso, ela deve dar conta não só do que vemos mas também fornecer uma explicação das causas. Mas falo das causas últimas dos fenômenos, entendem? Se for isso, em que medida a ciência se difere da religião? Eu sei que são coisas diferentes. Mas, agora, essa diferença não está sendo fácil de explicar, entendem? Porque se ela tiver que explicar a causa de tudo, teremos nela sempre uma forte presença da metafísica. "Meta", aqui, como algo que transcende... Se for isso, a Física não é uma disciplina autônoma porque estará submetida aos intermináveis questionamentos filosóficos! Será que é isso mesmo? Não pode ser! Não pode ser!!!

Bom, foi isso e muito mais que ouvimos. Eu pensei que ele fosse chorar em pleno recreio. Mas vamos voltar para a aula.

Capítulo 11

Enquanto o professor pensava, Ian foi tirar satisfação com Hideo.

– Olha, Hideo, se você não quer ter aula, problema seu. Para de ficar atrapalhando o professor! Eu estava doido para entrar nesse capítulo novo. Parece ser bem mais legal que Cinemática. E olha só o que você fez com o professor!

O professor Inácio estava olhando o horizonte pela janela com a mão no queixo.

– Cara, antes ele assim do que eu – disse honestamente Hideo.

– Ian, volte para o seu lugar, por favor – pediu o professor na maior educação e sem criar um pingo sequer de constrangimento no nosso colega. É bom esclarecer isso, porque neste ano já deu a maior confusão com um professor que chamou a atenção de um aluno de uma forma incisiva. O pai do garoto era advogado. Não gostou nada de ter o filho dele passando vergonha na frente dos colegas. Veio de terno e gravata até a escola falar com o diretor. Foi um quiproquó danado, que terminou com o professor demitido.

E Deus me livre acontecer algo com um professor tão bacaninha como o professor Inácio!

– Parece que você tem razão de novo. Andei pensando em Copérnico enquanto você falava sobre esse fenômeno ilusório da Lua. Sabem quem é Copérnico?

Todos fizeram cara de paisagem depois de ouvirem essa pergunta – reação típica daqueles que não querem explicitar a própria ignorância.

– Antigamente, muito antigamente mesmo, mais precisamente no século II depois de Cristo, Ptolomeu elaborou um sistema astronômico em que a Terra era o centro do Universo e todos os outros astros se moviam em torno da Terra. A Física que fornecia a explicação para esse modelo era a de Aristóteles.

– Aristóteles? Que nome engraçado! – disse João Gabriel.

– Pois então vou resumir a Física de Aristóteles para vocês entenderem, até porque isso pode ajudar na nossa aula de hoje. O Universo aristotélico dividia o mundo em duas regiões: uma que ia desde a Terra até a Lua, ou melhor, até a órbita da Lua, e outra que era o restante do Universo, que terminava na esfera das estrelas.

– Que ingênuo, né, professor? – riu-se todo Ian.

– Bom, não sei se podemos chamar isso de ingenuidade, meu filho. A Física que ele fez em cima disso foi algo bem pertinente...

– Ok, professor – redimiu-se nosso amiguinho.

– Todos os objetos que se movimentavam nessa região tinham uma propensão natural a se mover em torno do centro do Universo em círculos perfeitos. Naquela época não havia telescópios, de forma que os planetas observáveis eram somente os que conseguimos ver a olho nu: Mercúrio, Vênus, Marte, Júpiter e Saturno.

– Até hoje conseguimos olhar para o céu e ver esses planetas? – assustou-se Leonardo. – Nunca imaginei que eu via planeta a olho nu!

– Pois é. E, percebam vocês – continuou Inácio –, observando as posições desses planetas em épocas diferentes, percebemos que eles não se movem em órbitas circulares, exatamente como parecem fazer as estrelas. Eles parecem que vão, voltam um pouco, depois vão de novo, depois voltam mais um pouquinho; algo parecido com um carro numa pista circular que anda dez metros para frente e meio para trás, dez para frente, meio para trás... Entendem?

A turma toda estava com a mesma cara daqueles que viram a roda pela primeira vez. Eu não estava lá quando a roda foi inventada, mas posso lhes garantir que deve ter sido algo bem parecido. Como assim? Os planetas se movimentam dessa forma? Por quê?

– Então – seguiu o professor –, Ptolomeu resolveu esse problema dizendo que os planetas se moviam em "pequenos" círculos no espaço e que os centros dessa trajetória circular é que se movimentavam, descrevendo círculos perfeitos em torno da Terra. Assim, o sistema dele ficou compatível com as observações que fazemos dos planetas e, com esse modelo, conseguimos prever as futuras posições dos astros.

– Parece confuso isso, não? – perguntou Nara.

– Ah, sim. É um modelo bem complexo. Mas se acreditarmos que ele seja real, podemos concordar com o que disse Aristóteles: todos os corpos que estivessem na região além da órbita da Lua teriam um movimento ordenado, super-regular e eterno. Já os corpos que estão abaixo da órbita da Lua, ou seja, todos os da Terra, seriam marcados pela imperfeição e estariam sujeitos a mudanças, crescimento, envelhecimento, desintegração e morte.

– Faz sentido mesmo! – empolgou-se Luísa. – Afinal, nada no Universo parece envelhecer. Só nós aqui. O resto parece ficar tudo igual!

– Não é bem assim! – interferiu Ian. – Há nascimento e morte de estrelas, né, professor?

– Ok. Pode ser, mas não é tão rápido como aqui na Terra e nem sei se naquela época eles sabiam que as estrelas nasciam e morriam... – ponderou Leonardo.

– Justamente, Leo – interferiu o professor. – Na verdade, não sabiam. Tudo era observado sem equipamento nenhum, vale considerar. Continuando, então, os corpos terrestres, para Aristóteles, eram formados pela mistura de quatro elementos: terra, ar, fogo e água. Cada um desses elementos tinha um lugar natural no Universo. O da terra era o centro do Universo; o da água, a superfície da Terra; o do fogo, era próximo à órbita da Lua; e o lugar natural do ar seria entre a água e o fogo. Assim, cada corpo que vemos aqui na Terra tem um lugar natural, que é determinado pela proporção relativa desses quatro elementos que o Universo contém, segundo, é claro, Aristóteles.

– Mas isso não é verdade? Parece tão lógico! – empolgou-se Nara.

– Hoje, minha querida, não justificamos mais a queda dos corpos dessa forma. Por exemplo, para Aristóteles, cada corpo, então, ocupava uma posição privilegiada, o seu lugar natural, onde ficaria em repouso. Se quisermos tirar um corpo do repouso, temos de aplicar uma "força" sobre ele e, cessada a aplicação dessa "força", ele naturalmente buscaria a sua imobilidade, que só ocorre quando o corpo está em seu lugar natural.

– Continuo achando que isso está certo, professor – insistiu Nara superconcordando com o filósofo grego.

– Calma, deixa eu terminar – pediu o professor. – Qualquer movimento que não seja o do corpo buscando o seu lugar natural pressupõe uma causa. Por isso, uma pedra só pode ser lançada para o alto se fizermos uma força sobre ela, e essa cadeira só se move se eu puxá-la. E, ao contrário das estrelas e dos planetas, os objetos da Terra só se moveriam em linha reta, para cima ou para baixo, sempre buscando o seu lugar natural. Por isso, diria Aristóteles, as pedras caem e a fumaça sobe. Assim o mundo era explicado, basicamente.

– Mas, gente... Qual é o erro nisso?! – perdurou Nara em sua indignação.

– E por que os corpos que estavam acima da Lua não podiam andar em linha reta para sempre, professor? – perguntou Hideo.

– Boa pergunta, meu filho. O Universo de Aristóteles era finito. Se ele aceitasse um corpo andando em linha reta e para sempre, ele teria que dizer que o Universo era infinito, o que contrariava a sua visão de mundo, entende? Além do mais, o círculo era considerado a figura geométrica mais perfeita, dado que todos os seus pontos estão à mesma distância do centro. Sendo assim, nada mais justo que os corpos celestes, por estarem mais perto de "Deus", tenham um movimento mais perfeito do que os terrestres.

– Faz sentido – concordou Hideo com a lógica de Aristóteles.

– Pois então – continuava Inácio –, no início do século XVI, Copérnico projetou um novo modelo que contrariava o modelo de Ptolomeu, que se encaixava tão bem na Física de Aristóteles. A diferença principal era de que a Terra não estaria mais parada e sim em movimento, assim como os outros planetas, em torno do Sol.

– Se eu não estou aceitando isso, imagina aquele povo naquela época. Eles resistiram a isso, não? – perguntou Nara de novo.

– Sim. Claro! Se vivêssemos naquela época ficaríamos certamente tão assustados como os nossos antepassados! E poderíamos, assim como eles fizeram, contestar essa ideia. Como vocês reagiriam a isso? – quis saber o professor.

– Simples. Ora, eu não sinto a Terra girar, logo, a Terra não gira! – respondeu João Gabriel prontamente.

– Justamente! – falou o professor Inácio. – Ou: ora, se a Terra girasse e se eu soltasse uma pedra do alto de uma torre que estava fixa na Terra, então, a pedra cairia em linha reta, buscando o seu lugar natural. Enquanto a pedra estivesse caindo, a torre estaria girando junto com a Terra. Logo, quando a pedra atingisse o chão, a torre estaria numa posição diferente e haveria uma distância entre a pedra e o pé da torre. Como essa distância nunca é observada, a Terra não se move, ora bolas! Faz sentido, não? Esses são apenas dois argumentos bem simples, há outros mais sofisticados.

– Agora já nem sei mais se a Terra gira ou não – falou Yuki baixinho.

– A questão é que Copérnico não conseguiu rebater esses argumentos e a única coisa que a teoria dele oferecia era uma maneira bem mais simples e concisa de explicar o movimento dos planetas sem usar, como Ptolomeu fez, diversos artifícios, como aqueles dos planetas se movimentarem em círculos e de que os centros desses círculos é que se movimentariam em torno da Terra descrevendo círculos perfeitos.

– E como Copérnico explicava tudo, então? – quis saber Ian.

– No sistema de Copérnico, o fato de todos os planetas orbitarem o Sol e de as estrelas estarem fixas justificava esse movimento de "marcha a ré" que percebemos nos planetas. Então, o que as pessoas tinham na época? Dois sistemas astronômicos bem diferentes. Um, com a Terra no centro do Universo, cheio de firulas e adereços circulares. Outro, bem mais elegante, com o Sol no centro do Universo, mas que não respondia às críticas que eram feitas – como aquela da torre, por exemplo. Por algum motivo, este último chamou a atenção de Galileu, que despendeu grande parte da sua vida tentando provar que o modelo de Copérnico era o Verdadeiro com V maiúsculo.

– E Galileu não provou? O que ele fez, então? – perguntou Hideo.

– Uma das coisas que Galileu fez foi apontar o telescópio para o céu. E daí, minha gente, ele viu que havia muito mais estrelas do que víamos a olho nu. Ele também observou que Vênus tinha fases como a nossa Lua, viu que Júpiter tinha luas e que a nossa Lua, que parece para nós uma bola de sinuca de tão redondinha, na verdade, tem uma superfície parecida com a da Terra, cheia de crateras e montanhas! Galileu simplesmente, com essas observações e com a sua ideia da inércia circular que explicarei a seguir, mudou o jogo completamente!

– O que tem a ver a superfície da Lua com isso tudo? – perseverou Hideo em sua questão.

– O fato de a superfície da Lua ser cheia de imperfeições como a da Terra contradiz a ideia aristotélica de que os astros são perfeitos e a Terra, não.

– Entendi. E a descoberta das fases de Vênus? – continuou Hideo gigainteressado naquela conversa toda.

– A descoberta das fases de Vênus era algo que o sistema copernicano previa e o de Ptolomeu não.

– Caramba! Que interessante! – empolgou-se Hideo, juntamente com toda a turma.

– Mas a maior contribuição de Galileu – seguiu o professor também todo empolgado – foi apontar alguns fundamentos para a Mecânica que viria a substituir toda a Física de Aristóteles. Ele descobriu que objetos de pesos diferentes caem com a mesma aceleração e percorrem uma distância proporcional ao quadrado do tempo de queda. Lembram daquela equação do movimento uniformemente variado?

Os alunos fizeram cara de paisagem.

– Então, é dela que estou falando! Lembram que eu falei que Aristóteles disse que todo movimento requer uma força?

Isso é tão óbvio que nem dá para esquecer, né? Fala sério.

– Então, Galileu derrubou esse mito propondo a ideia da inércia que já falei para vocês.

Hã?! Mito? Como assim: mito?

– Só que a inércia de Galileu era diferente daquela que já expliquei para vocês. Ele disse que um objeto em movimento que não estivesse sujeito a força alguma poderia se mover para sempre num círculo em volta da Terra com velocidade constante. O objetivo de Galileu ao propor a ideia de "inércia circular" era exatamente justificar a possibilidade do movimento da Terra.

Ai, gente! Confundiu tudo aqui. Ainda bem que parece que o professor Inácio lê os nossos pensamentos.

– Muitos argumentos contra a rotação da Terra, senão todos, eram devidos à carência do entendimento da inércia, entendem? O entendimento do princípio da relatividade do movimento que Copérnico já havia enunciado foi fundamental para a resposta de Galileu às objeções contra a possibilidade do movimento de rotação do nosso planeta.

– Professor, vai devagar porque já tô todo confuso aqui – pediu João honestamente.

– Ok. Vou bem devagar. De forma geral, o princípio da relatividade do movimento nos diz que toda mudança de posição que se vê é devido ao movimento da coisa observada, ou do observador, ou de ambos.

– Pode nos dar alguns exemplos, fessô? – suplicou Luísa.

– Sim. Claro! – falou o fessô fofamente. – Por exemplo, entre objetos que se movem na mesma direção, no mesmo sentido e com a mesma velocidade não se percebe qualquer movimento relativo entre eles. Pegando carona no que Copérnico já havia falado, Galileu nos diz que qualquer movimento atribuído à Terra será imperceptível para nós que participamos desse movimento.

Ai, gente, que difícil...

– Por exemplo – disse o professor assim que olhou para a minha testa enrugada –, se estivermos dentro de um avião, não perceberemos o movimento dos outros passageiros, se eles também estiverem parados em relação ao avião.

Ah! Tendi tudim!!!

– Com essas observações – prosseguiu o professor, vendo minha cara de aliviada –, Galileu se afasta de forma definitiva da concepção aristotélica de "lugar natural", já que movimento e repouso passam a ser entendidos como conceitos complementares, ou seja, um só pode ser definido em referência ao outro.

Gente, que maneiro isso!

– Assim, tanto faz que se mova a Terra como todo o restante do mundo, pois a operação de tal movimento não está em outra coisa senão na relação existente entre os corpos celestes e a Terra, relação esta que é a única a mudar. Com isso, Galileu deu munição para que o sistema copernicano se defendesse contra algumas das objeções.

Pode até ser, mas que essa parada de "lugar natural" é muito maneira, ah, isso é. Agora eu tenho que me esforçar para me livrar dela...

– Lembram daquele exemplo que eu falei de um objeto caindo do topo de uma torre, que os nossos antepassados usaram para provar que a Terra estava parada?

Todos balançamos a cabeça positivamente.

– Então, Galileu propôs que jogássemos uma pedra do alto do mastro de um navio que estivesse se movimentando com velocidade constante. Se fizéssemos o que ele falou, observaríamos o objeto caindo bem ao pé do mastro! Assim como se estivéssemos, por exemplo, em pé dentro de um avião ou em pé dentro de um metrô que estivesse se movimentando com velocidade constante e deixássemos cair algo. Esse algo cairia perto dos nossos pés, não?

– Caramba. Uma ideia tão simples que prova tanta coisa... – admirou-se Hideo.

– Tudo isso que falei foi para mostrar que eu, mais uma vez, errei. A inércia não surgiu como resultado de muitas observações ou de experimentos cuidadosos. As formulações da nova teoria envolviam ideias novas, que nem sequer haviam sido formuladas de uma forma completa, mas que foram mantidas e desenvolvidas a despeito de "fenômenos" que as contradiziam.

– Como a Física funciona, então, professor? – perguntou Luísa, que nem piscou durante toda essa falação do professor Inácio, que só acabou porque o tempo de aula havia terminado.

– Eu não sei. Eu não sei! Eu não sei!!! – gritava o professor, ao mesmo tempo que saía da sala.

Capítulo 12

O problema é que os alunos ficaram bastante intrigados com aquela discussão toda. Tanto os que gostavam de Física como os que não nutriam nenhuma simpatia por essa disciplina tão árida. Afinal, ainda que não saibamos resolver problemas de Física, o mundo em que vivemos está impregnado de ciência e confiamos cegamente em um produto se a sua eficácia foi "comprovada cientificamente". Ora, devemos acreditar em algo se não soubermos como funciona?

Na aula seguinte, mal o professor Inácio deu bom-dia, já havia mais de cinco alunos com o braço levantado pedindo autorização para perguntar. O professor fingiu que nem viu, deu as costas para a turma e escreveu no quadro: "Primeira lei de Newton". Quando ele se virou para a turma, a quantidade de braços levantados havia triplicado. Não havia como fingir que não estava vendo.

– Fala, Luísa – autorizou o professor a menina, que sonhava em ser atriz.

O professor Inácio estava confuso. Até tentou, fora da

aula, conversar com outros professores de ciência e a coisa só complicava. Para ele, prótons, fótons, buracos negros e campos de força existiam. Tudo isso seria tão real quanto qualquer pedra que seguro em minha mão. Mas ele já estava colocando em xeque tudo isso.

– Será que os elétrons existem, Luís? E se existirem somente fenômenos da eletricidade e nossa construção de teorias sobre minúsculos estados se der apenas de modo a possibilitar previsões de outros fenômenos? – perguntou ele para o professor de Química.

O professor de Química olhava para o professor Inácio como se estivesse vendo um ET.

– E se os elétrons não passarem de ficção? As teorias podem ser úteis, aplicáveis, mas devemos, por isso, considerá-las como verdadeiras? E se forem apenas ferramentas, mas que não podem ser entendidas como um relato literal da realidade?

O professor de Química continuava olhando para o professor Inácio como se estivesse vendo um ET.

– Dizer que encontramos a explicação de um evento significa afirmar que esse evento pode ser deduzido de uma regularidade geral e apenas isso? Será que as causas verdadeiras de tudo o que vemos não podem ser descobertas pela ciência?

O professor de Química agora observava o professor Inácio como se estivesse vendo um ET comendo uma jaca podre.

– Então, se eu aceitar a verdade de uma teoria, na verdade, isso quer dizer que eu "creio" que ela seja verdadeira porque não há como provar que ela seja verdadeira? Será loucura acreditar que a explicação de um fenômeno está posta no Universo como se o autor da natureza tivesse escrito um monte de coisas no mundo? Ou será que as explicações são somente relativas aos interesses humanos?

O professor de Química agora observava o professor Inácio como se estivesse vendo um ET comendo uma jaca podre e dançando tango ao som de um batidão de *funk*.

– O fato de algo ser considerado explicação então jamais pode ser suficiente para justificar a crença nesse algo?

O professor de Química desistiu de olhar para o ET, quer dizer, para o professor Inácio.

Retomando a cena que ficou para trás, do professor em sala, antes que eu me perca de vez nessa história e não consiga mostrar como o professor endoidou de vez.

– Fala, Luísa – autorizou o professor a menina, que sonhava em ser atriz.

– Professor, ontem vi um programa de televisão que falava sobre o Universo e comecei a pensar na nossa última aula. Sobre aquela parada de Ptolomeu, Copérnico, Galileu... Daí, o programa começou a mostrar imagens do Universo, de regiões muito além da Via Láctea. Eu só conseguia ver infinitos pontinhos brilhantes mergulhados num céu escuro. Mas quando um astrônomo começou a falar o que era aquilo, ele não falou de pontinhos, mas de esferas que têm um gás incandescente de milhões de quilômetros de diâmetro e que estão anos-luz distantes de nós! Ele disse que o nosso Sol é uma estrela como outras no Universo, mas que parece diferente porque está muito perto de nós, tipo assim, mais de cem milhões de quilômetros. Mas o que é mais incrível é que mesmo nessas distâncias que os meus neurônios jamais conseguirão conceber, nós, quer dizer, *eles*, os astrônomos, estão seguros a respeito do que é feito o brilho das estrelas. Dizem que elas liberam energia nuclear porque transformam um elemento químico em outro. No caso da nossa Via Láctea, trata-se de uma galáxia que possui centenas de bilhões ou, sei lá, bilhões de centenas de estrelas e que é limitada pela gravitação mútua através de dezenas de milhares ou milhares de dezenas, sei lá, de anos-luz! E sabe o que um astrônomo falou ainda? Ele disse que, embora a gente olhe para o céu à noite e as estrelas pareçam serenas e calmas, na verdade, o Universo está superagitado, em uma megaviolenta atividade! Uma estrelinha *destamaninho* converte milhões de toneladas de massa em energia por segundo, gente! O cara falou que cada grama de massa libera a mesma quantidade de energia que uma bomba atômica!

— Conclui logo, Luísa. Aonde você quer chegar com esse discurso? – perguntou o professor, de uma forma bem impaciente.

— Me perdi. Esqueci o que queria falar – respondeu honestamente a futura atriz.

— Mas, professor, peraí... – interferiu Leonardo. – Eu acho que entendo o que ela quer dizer com tudo isso. A gente estava conversando sobre o programa e sobre a nossa última aula. A questão é que o astrônomo falou que nós não sabemos se existe vida inteligente fora do Sistema Solar, então, nem sabemos se essas explosões são tragédias horrendas. Mas nós sabemos, ele disse, que uma supernova devasta todos os planetas que a estão orbitando e que devemos a nossa existência às supernovas, porque elas são a fonte, através de reações químicas, da maior parte dos elementos de que nossos corpos e nossos planetas são compostos. Isso sem falar em quasares, buracos negros e coisas afins! Ou seja, tem muita coisa acontecendo em um Universo que está se expandindo e que nasceu há não sei quantos bilhões de anos com uma grande explosão: o Big Bang. O que a gente estava discutindo, professor, é que o mundo não é somente muito maior e muito mais agitado do que pensamos. Quando ouvimos esses astrônomos, percebemos um mundo muito mais rico em detalhes, entende? Tudo acontecendo de acordo com essas tais leis da Física!

– Sim, claro! – apoiou o professor.

– É. Mas o que eu queria perguntar para o senhor é: como sabemos tanto? – retomou Luísa.

– É, professor. Depois da última aula e depois desse programa que a Luísa viu e chegou contando para todo mundo, a gente nem se interessou muito pelas leis da Física ou pelos detalhes dos fenômenos que foram mostrados, mesmo porque não conseguimos acompanhar os detalhes do que foi falado, mas ficamos discutindo o fato de os astrônomos saberem tanto – ajudou Leonardo. – Por exemplo, você estava falando na última aula como uma teoria começou a ser criada. E a Luísa veio falando desse programa para a gente. Daí, a gente sabe que nenhum humano visitou a superfície de uma estrela ou viu uma reação química acontecendo lá na superfície de um astro, então...

– Olha, vamos fazer o seguinte? – interrompeu bruscamente o professor Inácio, de forma bastante incisiva. – Deixa eu terminar de dar o capítulo e depois eu falo sobre isso, ok? A outra turma está muito adiantada e o programa com vocês está mais do que atrasado. Então, daqui para frente só aceito perguntas se for sobre a matéria que está sendo dada. E quem perguntar coisas fora da matéria perderá ponto! – vociferou o professor.

Depois desse brado retumbante, a turma ficou plácida. O professor virou para o quadro e escreveu de novo, embaixo de "Primeira lei de Newton": **Na ausência de forças,**

um corpo em repouso continua em repouso, e um corpo em movimento continua em movimento retilíneo uniforme (MRU). Mas o Sol da liberdade em raios fúlgidos brilhou no céu da sala naquele instante.

– Como assim: "na ausência de forças", professor? – perguntou Hideo.

– No espaço, por exemplo – respondeu o professor.

– No espaço não tem forças? – questionou Hideo, superinteressado naquele detalhe.

– Bem, podemos dizer que não – retrucou o professor de uma forma não muito segura e transparente. – Quaisquer dois corpos que tenham massa se atraem, segundo Newton. Então, se considerarmos um corpo bem longe de qualquer outro, podemos dizer seguramente que nenhuma força atuará sobre ele.

– Mas, professor, então, o senhor está nos dizendo que, *com toda a certeza*, um corpo no espaço, completamente isolado, a uma distância infinita de qualquer outro corpo, andará em linha reta com velocidade constante, é isso? – indagou Hideo.

– Exatamente isso – falou o professor, enquanto rodava com a mão direita uma aliança no anelar da mão esquerda. – Exatamente isso.

– Mas, então, não podemos prová-la! – concluiu Hideo. – Porque, se fosse possível nos aproximarmos do corpo para comprovar isso, iríamos aplicar uma força sobre ele, já que temos massa, certo?

– Quando uma árvore cai no meio da floresta e ninguém a ouve caindo, podemos dizer que ela não emitiu nenhum som na queda? – respondeu o professor, fazendo uma pergunta de calar os mais sábios dos sábios. Muito inteligente esse professor Inácio.

– Boa pergunta, professor. Mas acho que o nosso caso é um pouco pior do que isso – insistiu Hideo –, por exemplo, na verdade, a pergunta "Qual seria a trajetória de um corpo completamente isolado, distante infinitamente de qualquer outro corpo?" nem faz sentido!

– É, professor, como é impossível isolar um corpo no espaço de forma que nem consigamos observá-lo, essa lei nem sequer está aberta para qualquer controle experimental! – falou Nara para dar força ao amigo.

– Mas, peralá, gente. Um minuto, por favor! Se a gente soltar uma bolinha de um plano inclinado e deixá-la cair até chegar ao chão, vocês não concordam que ela irá tão mais longe quanto mais lisinho for o chão? – perguntou o professor de forma muito convincente.

A turma toda concordou fazendo silêncio e olhando para o professor. "Quem cala consente", já dizia a minha avó.

– Então... – retomou o professor. – É disso que estamos falando, o atrito é uma força! Se conseguirmos eliminá-lo, não atuará na bolinha nenhuma força que a faça frear, e ela, então, andará para frente eternamente com a mesma velocidade! Está tão difícil assim entender isso? – esclareceu muito bem o professor Inácio de forma superdidática.

– Mas, professor... – interrompeu Hideo. – É disso de que estamos falando? Porque não é isso que está escrito no quadro!

– É... não é não – falou João Gabriel olhando para o quadro.

– Não é – falou Nara olhando para o quadro.

– Não é – falou Luísa olhando para o quadro.

– Não é – falou Leonardo olhando para o quadro.

– Não é – falou Yuki olhando para o Hideo.

– Não? – perguntou Inácio olhando para o quadro.

– É. Não é – falou Inácio olhando para a turma.

– Dois problemas: – começou Hideo – o primeiro é que nem esse caso-limite de atrito zero nesse exemplo que o senhor deu do plano inclinado poderia ser realizado experimentalmente. E o segundo é que o experimento sendo feito na Terra e visto por alguém está sujeito, então, a forças, se é que aquilo que o senhor falou que quaisquer corpos que tenham massa aplicam uma força sobre outro corpo é verdade. Ou seja, não é isso que está escrito no quadro – afirmou Hideo, superligado nas brechas nanométricas de um pensamento confuso.

– É. Estritamente falando, toda partícula está sujeita a uma interação com o restante do Universo – concordou o professor Inácio de cabeça baixa.

– Um corpo que não possui nenhuma interação com o seu exterior... Não existe! E se um corpo não existe... Faz sentido ficarmos discutindo a trajetória desse corpo?

A turma toda começou a falar ao mesmo tempo. O furdunço estava presente em todo o universo da turma-cento-e-três.

E agora, José? José Inácio, e agora?

Capítulo 13

Geralmente, quando estamos bem distraídos falamos o que pensamos de forma genuína. Não foi diferente naquela aula em que a confusão imperou de repente por conta da primeira lei de Newton. Enquanto o professor estava pensando sobre força, atrito, movimento eterno, ouviu-se assim, do nada, um garoto reclamar para quem quisesse ouvir:

– Tá vendo como as mulheres não pensam como os homens? Quando se fala em grandes pensadores só citam nomes de homens. Nunca de mulheres.

– Oi? – sondou Nara se tinha ouvido direito.

– Tô falando alguma mentira por acaso? – insistiu o machista desinformado.

– Você parou para observar que "por acaso" também não existem quase homens negros na ciência? – cutucou Luísa.

– Você já parou para pensar que isso pode estar relacionado ao acesso das pessoas? – perguntou Leonardo, que é negro.

– Sim, mas a genética não pode ser responsável pelo maior sucesso dos homens brancos nas ciências exatas? – perseverava o colega em seu preconceito.

– Mas antes de falarmos em genética, não tínhamos que falar em história e cultura, por exemplo? – interferiu João Gabriel, que era sustentado pela mãe que trabalhava e que desconhecia quem era o seu pai.

– Você sabia, por exemplo, que antigamente as mulheres não podiam estudar? Então, demoramos muito para conseguir entrar nas universidades, e representatividade é algo importante na nossa sociedade, como discutimos na aula de Sociologia, lembra? – falou muito bem Nara, que viu sua mãe ser praticamente crucificada pela sociedade ao insistir em dividir sua vida entre família e vida acadêmica. – Você sabia que a maioria dos membros das academias de ciências e dos institutos responsáveis por conceder bolsas de pesquisa são homens? E sabia que até hoje a mulher tem mais dificuldade para ter um trabalho aprovado?

– Você já pensou como um negro, que sonha em ser cientista, pode ser visto como um sonhador mesmo no século XXI? – questionou Leonardo.

O menino estava atônito. Nunca tinha parado para pensar sobre essas questões. De repente, perdurar nessa ideia de que os homens são mais capacitados pode significar um grande desperdício. Não faz mesmo sentido acreditar que talento e inteligência escolhem o sexo e a cor da pessoa para se manifestar. Afinal, em sociedades com menos desigualdade social, menos machismo e racismo e que dão a mesma oportunidade para todos, vemos grandes cargos serem ocupados por pessoas bem diferentes entre si.

Capítulo 14

Nada como um dia após o outro. Na aula seguinte, lá estava ele de novo, todo dono de si: o nosso querido e animado professor Inácio, de Física! Entrou em sala sorrindo e falando "bom dia" para todos com o entusiasmo de um animador de festa infantil. Virou-se para o quadro e escreveu com a caneta azul: Inércia. Depois pegou a caneta vermelha, destampou, sorriu para a turma, virou-se para o quadro e fez dois tracinhos bem rápidos embaixo daquela palavra que quase não havia sido mencionada na aula passada. Cruzou o pé direito com o esquerdo e rodopiou ficando, em grande estilo, de frente para os alunos.

– Inércia, meus queridos, é uma *propriedade* dos corpos em permanecerem em repouso ou em movimento com velocidade constante em uma linha reta. Ou seja, inércia é uma *tendência* natural de o corpo manter o estado de repouso ou de movimento retilíneo e uniforme.

– Então, quando o corpo está se movimentando com velocidade constante e em linha reta não precisa de nenhuma força para movimentá-lo? – perguntou Ian, que sempre queria mostrar que havia entendido tudo o que o professor falou.

– Exatamente isso! – respondeu o professor.

– Mas para o corpo se movimentar não precisa de uma força? – questionou Ian, dessa vez parecendo não ter entendido mesmo o assunto.

– Não. Isso é uma ideia aristotélica. Antigamente as pessoas achavam que tudo o que move é movido por alguma coisa. Hoje em dia não acreditamos mais nisso – disse o professor ainda sorrindo.

– Não? – interferiu Ian.

– Hã? – assustou-se Nara.

– Oi? – indignou-se Luísa.

– Isso mesmo, gente – retomou a explicação o professor. – Para um corpo se mover em linha reta e com velocidade constante, não é necessária nenhuma *força* atuando sobre ele, pois ele se move devido à *inércia*, que é uma *propriedade* intrínseca de todos os corpos que têm massa de permanecerem em movimento em linha reta, com velocidade constante, ou em repouso.

– Entendi – falou Ian balançando a cabeça positivamente.

– Se uma força atuar – continuou o professor olhando para os outros alunos –, esse corpo mudará o sentido ou o valor da velocidade ou ambas as coisas ao mesmo tempo. Essa é a segunda lei de Newton. E quanto mais massa o corpo tiver, maior será obviamente essa tendência natural de ficar em repouso ou em movimento uniforme em linha reta, ou seja, maior será a resistência do corpo a essa mudança.

Rapidamente o professor virou-se para o quadro e escreveu "Segunda lei de Newton". Embaixo ele colocou com letras enormes F = ma. Antes mesmo de acabar de escrever, sem ter feito ondinha com a caneta vermelha nem nada, ele começou a dizer:

– A *segunda lei de Newton* ou "princípio fundamental da Dinâmica" diz que a força aplicada a um objeto é igual à massa do objeto multiplicada por sua aceleração – continuou. – Não é difícil compreender essa lei se vocês pensarem no seguinte exemplo: imaginem dois veículos em uma mesma rua plana, o primeiro veículo é um Fusca e o segundo, um grande caminhão. A grande diferença entre esses dois veículos é a *massa*. O caminhão é muito mais pesado que o Fusca, concordam? Sendo assim, para fazer o caminhão se movimentar, ou seja, para aumentar sua velocidade, é preciso uma força *muito maior* que a força necessária para movimentar o Fusca. Se você empurrar o Fusca com as próprias mãos, poderá até mesmo movê-lo com certa facilidade, mas dificilmente conseguirá mover o caminhão dessa mesma maneira. A força necessária para acelerar um corpo é diretamente proporcional à sua massa. Esta é a grande "sacada" da *segunda lei de Newton*!

– Professor, posso ir ao banheiro? – perguntou Yuki, desanimado.

O professor Inácio, com os lábios em formato de Lua minguante, com a concavidade voltada para cima, autorizou Yuki a sair de sala e continuou olhando para a turma com aquela cara de empada bem assada.

Os alunos estavam tensos. Percebemos que agora não havia jeito. Era estudar, estudar e estudar coisas completamente fora da nossa realidade ou ficar fazendo probleminhas que em nada nos interessavam. Nara começou a fazer cara de choro só de olhar para o livro e verificar a quantidade de exercícios que havia no capítulo sobre essas

famosas "leis de Newton". No meio daquela atmosfera carregada de nuvens cinza, em que não era possível visualizar, nem em sonho, crianças correndo livres e descalças em um tapete de grama verdinha, Hideo levantou a mão.
– Mas, professor, ...

Capítulo 15

— ●●● na aula passada, o senhor havia falado da "primeira lei de Newton", que afirma que *"na ausência de forças, um corpo em repouso continua em repouso, e um corpo em movimento continua em movimento retilíneo uniforme"*, não é?

— Perfeito, meu filho, mas esquece isso por enquanto. — falou o professor Inácio. Se isso fosse um jogo de xadrez, poderíamos dizer que o professor fez a famosa jogada *en passant*, sendo infeliz nesse lance, como veremos.

— Ok. Isso é fácil para mim — brincou o nosso amigo Hideo. — Vou me fixar no que o senhor disse hoje. Inércia, então, é uma *propriedade* dos corpos em permanecerem em repouso ou em movimento com velocidade constante em uma linha reta. Mas em que isso modifica o nosso problema, professor?

— Modifica tudo, meu filho. A inércia não é uma força porque quando há força há variação no movimento! Não está claro? — falou o professor, demonstrando uma ligeira impaciência e achando realmente que tudo tivesse sido esclarecido.

– A jogada ficou clara, professor. Mas pergunto se essa manobra foi feliz, porque chamar a inércia de *propriedade* não deixa de ser um artifício, ou melhor, uma consequência de querermos encontrar causas para tudo que vemos, não? Como precisamos de uma causa para explicar a tendência do corpo de manter o seu estado de repouso ou de movimento retilíneo e uniforme, nós lhe atribuímos a propriedade da inércia. Enfim, o que eu quero dizer é que se é verdade que é impossível fazer um experimento para provar que um corpo permanece por ele mesmo nesses dois estados, nós não temos por que falar em "propriedade" dos corpos, pois jamais conseguiremos verificar a consequência dessa propriedade, não?

– Como? – sondou o professor Inácio a profundidade da questão colocada.

– Professor, o que estou querendo dizer é que não há razão nenhuma para atribuir a propriedade da inércia dos corpos se não temos como prová-la!

De novo aquele papo de provar a tal lei. Gente, *peloamordedeos*! Custa acreditar que o troço funciona? A gente já acredita em tanta besteira por aí. Fala sério! Para mim estava tudo muito claro. É bem possível mesmo que a coisa seja assim, ou seja, que tenhamos essa propriedade de ficar parados ou nos mantermos em movimento... Mas lá estava de novo o professor Inácio olhando o movimento das nuvens pela janela. Por que raios será que ele se importava tanto com esse tipo de pergunta que Hideo fazia?

– Ok. Vamos por outro caminho então – disse o professor, enquanto destampava a caneta para escrever no quadro. – Se consideramos a segunda lei de Newton, – $F = ma$, rabiscou o professor Inácio – onde F é a força resultante que atua no corpo e a, a aceleração, então, se a força resultante for igual a zero, a aceleração será zero, pois a massa jamais pode ser zero, se estamos considerando um corpo. Uma aceleração nula pode acontecer em dois casos: no repouso e quando o corpo está se movimentando com velocidade constante e em linha reta, pois, ainda que uma curva seja feita com velocidade constante, há uma aceleração chamada centrípeta para esse movimento. Resumindo, a primeira lei de Newton é um caso especial da segunda lei, quando a aceleração for zero, entendeu? – explicou o matraqueado professor.

Isso não era tão difícil assim de entender. Mas, pelo visto, o que estava incomodando Hideo e deixando todo mundo curioso de saber como o professor iria explicar aquilo era algo muito mais profundo. Até eu que estava achando aquilo desnecessário me interessei pelo assunto.

– Entender, eu entendi. Mas isso não resolve o nosso problema – continuou Hideo a bater na mesma tecla. – Há uma certa diferença entre considerar a lei da inércia e o caso especial da segunda lei de Newton quando a força resultante é zero, professor.

– Hã? Então me explique, por favor – pediu o professor com um sorrisinho suspeito no canto da boca. Eu diria até que ele estava se divertindo ao vislumbrar o nosso amigo Hideo se perdendo em suas próprias palavras ou chegando à única conclusão possível: que ele, o professor, estava correto dessa vez.

– No caso especial da segunda lei de Newton, como o senhor falou, ou seja, quando a força resultante é zero, há forças atuando, né? – disse Hideo, analisando antes o terreno.

– Sim, mas como a resultante vale "zero", o efeito será um corpo se movendo com "velocidade constante", pois a "aceleração", que só aparece quando a velocidade varia, será "zero"! – exclamou o professor, todo sorridente de orelha a orelha depois de falar algo incontestável.

– Sim, professor! Eu entendo isso! Mas a lei da inércia nos diz o que acontece quando *não há* força alguma atuando no corpo! Esta é a questão! É fácil verificar que a velocidade do corpo será constante quando a aceleração for zero! Isso eu entendi! Mas pensa, professor! Se admitirmos que a primeira lei é uma consequência da segunda, com que propósito Newton dividiu em duas?

Tenso.

Muito tenso esse momento.

O professor Inácio colocou a mão direita no peito esquerdo e se curvou. Parecia que a morte estava rondando o infeliz.

Capítulo 16

O professor Inácio sabia tanto, coitado! Ninguém merece sofrer por esse motivo. Eu também já estava ficando surpresa por saber e poder discutir tanta coisa. Minha cabeça estava fundindo de tão quente por funcionar como jamais fez um dia. O professor sabia, como sempre nos disse, que Aristóteles, lá nos idos antes de Cristo, havia afirmado categoricamente que para ter movimento uma força precisa atuar sobre o corpo. "Tudo o que move é movido por alguma coisa", esse foi o leme que direcionou toda a filosofia natural de Aristóteles e o professor Inácio sabia de toda essa parada de Física ultrapassada, pois virava e mexia falava disso pra turma.

Ele sabia também que Newton havia feito uma revolução quando lançou o famoso *Philosophiae Naturalis Principia*, em 1687, mais conhecido como *Principia*, e que um dos motivos para que essa façanha fosse realizada foi o nascimento do conceito de inércia. Lembro-me bem disso e, se sei o nome do livro e a data da edição, foi porque anotei tudo quando o professor disse – crente que ele ia perguntar isso numa prova.

Em suma, gente, o professor Inácio tinha consciência de que a primeira lei pode ser considerada uma declaração qualitativa da Física revolucionária de Newton e de que a segunda lei versa sobre a quantidade da mudança de movimento produzida quando uma força atua no corpo. Ou seja, Newton teve motivo – sim, senhor – para separar as duas leis e o professor Inácio sabia de tudo isso, tadinho. Considerar, então, uma lei como consequência da outra, tal como mostram os livros didáticos que o professor mandou a gente ler na biblioteca da escola, é simplificar muito a história ou diminuí-la (o que seria até muito pior e inadmissível para um homem que sempre falava bem da proeza de Newton).

Em suma de novo, a parada tava sinistra para o lado do professor....

– Se considerarmos a *inércia* como uma *propriedade* do corpo por meio da qual o corpo resiste a uma mudança de movimento e, ainda, se considerarmos como medida quantitativa da inércia a *massa* do corpo, tudo faz um certo sentido – disse o professor para ele mesmo, mas de forma que dava para todos da sala ouvirem. – Para causar uma mudança de movimento, nós precisamos exercer uma força, e quanto maior for a *massa*, maior será a resistência a essa mudança. Por outro lado, a *propriedade* da inércia justifica a perseverança do corpo em seu estado de movimento quando este não está sendo influenciado por nenhum outro corpo. O problema é que a lei da inércia é independente da massa! Para conectar a *inércia* medida pela massa com a *lei da inércia*, é preciso supor que a *resistência à mudança* surge da propriedade do corpo de perseverar em seu estado de repouso ou de movimento retilíneo e uniforme! Mas só podemos ter certeza dessa propriedade fazendo um experimento!!!

Nesse momento, o professor Inácio olhou com cara de choro em direção ao teto da sala, como fazem aqueles que pedem ajuda aos céus. Ô dó, viu? A turma estava em silêncio, assustada por testemunhar tamanho sofrimento em um ser humano.

— Se considerarmos a *inércia* como uma *propriedade* do corpo por meio da qual o corpo *resiste* a uma mudança de movimento e, ainda, se considerarmos como medida quantitativa da inércia a *massa* do corpo, tudo faz um certo sentido. Para causar uma mudança de movimento nós precisamos exercer uma força e, quanto maior for a massa, maior será a resistência a essa mudança. Por outro lado, a *propriedade* da inércia justifica a perseverança do corpo em seu estado de movimento quando este não está sendo influenciado por nenhum outro corpo. O problema é que a lei da inércia é independente da massa! Para conectar a *inércia* medida pela massa com a *lei da Inércia*, é preciso supor que a *resistência à mudança* surge da *propriedade* do corpo de perseverar em seu estado de repouso ou de movimento retilíneo e uniforme! Mas só podemos ter certeza dessa propriedade fazendo um experimento!!!

Agora não dava para ouvir mais nada. Alguns alunos lá atrás ficaram espantados, pois, visto de longe, parecia que o professor estava rezando. Nada contra um professor rezar, mas dentro de uma sala de aula é uma cena e tanto. Quem estava bem perto, porém, percebeu que não era reza coisa nenhuma. O professor Inácio estava falando sozinho como fazem os loucos e assim saiu de sala quando o tempo acabou, sem ao menos se despedir de ninguém.

— Se considerarmos a inércia como uma propriedade do corpo por meio da qual o corpo resiste a uma mudança de movimento e, ainda, se considerarmos como medida quantitativa da inércia a massa do corpo, tudo faz um certo sentido. Para causar uma mudança de movimento nós precisamos exercer uma força e, quanto maior for a massa, maior será a resistência a essa mudança. Por outro lado, a propriedade da inércia justifica a perseverança do corpo em seu estado de movimento quando este não está sendo influenciado por nenhum outro corpo. O problema é que a lei da inércia é independente da massa! Para conectar a inércia medida pela massa com a lei da inércia, é preciso supor que a *resistência à mudança* surge da *propriedade* do corpo de perseverar em seu estado de repouso ou de movimento retilíneo e uniforme! Mas só podemos ter certeza dessa propriedade fazendo um experimento!!!

Capítulo 17

A turma estava se dando bem com todo aquele sofrimento do professor de Física. A matéria estava parada há mais de duas semanas e, ainda que alguns se sensibilizassem com a angústia explícita no rosto do professor, quando viam que não havia o que estudar, acabavam por torcer para que a aflição do professor Inácio fosse levada ao nível máximo e de forma bem lenta preferencialmente.

Hideo havia virado um ídolo e todos queriam saber de onde vinha esse poder de encontrar cabelo em ovo e chifre em cabeça de cavalo.

Hideo desconversava, pois nem ele sabia que conseguiria ir tão longe sem estudar nada. A bem da verdade, ele andava meio solitário. Logo ele que sempre foi um garoto muito falante e o menino mais popular da escola... Agora, não era raro vê-lo caminhando chutando uma pedrinha aqui, outra ali, e com os braços para trás, segurando a mão esquerda com a direita bem na altura do cóccix.

Quando o professor Inácio entrou na sala, na aula seguinte, depois daquela última em que ele saiu falando sozinho, os alunos já estavam todos sentados e cochichando uns com os outros. Hideo estava sério e ainda pediu aos colegas que estavam sentados perto dele que parassem de sussurrar.

– SSSHHHH! O professor chegou! – falou, colocando o dedo indicador esticado em riste e encostando-o transversalmente em seus lábios.

– Bom dia, gente – cumprimentou o professor Inácio, com uma fisionomia tensa. – Continuando a matéria da aula passada: nós, de fato, não podemos confirmar a lei da inércia experimentalmente porque não podemos imaginar uma situação em que o corpo esteja completamente livre de forças. Dizer que "nenhuma força atua no corpo" pode ser considerado, no entanto, uma situação ideal. Antes que me perguntem, eu já respondo: o conhecimento científico não está livre de condições ideais. E isso não implica problema algum. Em outras palavras, a primeira lei de Newton não pode ser verificada empiricamente, mas podemos, sem a menor restrição, pensar a lei como uma "experiência de pensamento". Sendo assim...

– Mas, professor, ...

A turma toda olhou para Hideo. Era um misto de animação com curiosidade, quiçá inveja e admiração.

– ... me desculpa, professor – continuou o nosso menino inteligente –, mas há situações que não podemos verificar experimentalmente, tipo essa de uma superfície sem atrito, mas que dá para imaginá-la sem problema algum. No entanto, com essa lei da inércia é diferente.

A turma toda, rapidamente, se virou com uma abelhudice escancarada para o professor Inácio.

– Por que, meu filho, por que isso agora? Basta considerá-la somente em pensamento! Da mesma forma que você faz quando imagina uma superfície sem atrito como um caso ideal! Qual a diferença, meu filho, qual a diferença??? Me diz, por favor, qual a diferença??? – esbravejou o professor de um jeito meio descompensado, com os olhos meio esbugalhados, parecendo até que havia injetado dez litros de cafeína na veia.

A turma toda se virou para Hideo cheia de interesse. Nara batia palmas sem fazer barulho, com a frequência do batimento das asas de um beija-flor.

– Porque a razão pela qual a lei da inércia não pode ser confirmada experimentalmente não é somente porque nós não podemos colocar em prática essa situação... – respondeu Hideo meio temeroso.

– Ah, não? Ah, não, meu filho?

A turma toda se virou, agora assustada, para o professor. Parecia que, além de ter injetado dez litros de cafeína na veia, ele havia também tomado uns 20 litros de um composto de taurina e guaraná.

– E o que mais, então? Me fale! O que mais nos impede? Hein?!? Hein?!? – continuava o professor.

– Pense comigo, professor...

A turma toda se virou espavorida para o Hideo.

– Nós não podemos executar esse experimento nem em pensamento porque a configuração experimental é teoricamente inaceitável. A lei diz como um corpo livre de forças externas se movimenta. Sendo assim, professor, para elaborar a tal "experiência de pensamento", exigimos a presença de um "corpo livre". No entanto, para pensar o experimento, um observador faz-se necessário. E se há um observador, não há corpo livre. Ou seja, um experimento com um corpo que existe longe de tudo e de todos não é pensável! A dificuldade é a mesma de imaginar um círculo quadrado! – terminou Hideo corajosamente.

– Não? Não pode pensar, não?

A turma toda olhava atemorizada para o professor.

– *Você* não pode! *Eu* posso! Você não pode, não? – perguntou o professor, apontando o dedo indicador para o Ian.

– Cla-claro que posso, professor – respondeu Ian sensatamente.

– Ok, professor. Eu posso também. Claro que eu posso – ponderou Hideo.

Todos suspiraram aliviados.

– Ah, bom! Ah, bom!!! – vociferou sorrindo o professor Inácio.

– Mas pensarei nesse corpo da mesma forma que penso em super-heróis, em sereias e contos de fadas: como uma mera ficção e não como um experimento científico, ainda que esse experimento seja feito somente em pensamento. Se isso serve para o senhor... está tudo bem para mim.

– ... – pensou o professor.

De repente, não mais que de repente, fez-se de triste o que se fez amante[2]. O professor foi andando lentamente até a sua cadeira. Sentou-se nela com a coluna tão curvada que Luísa até se lembrou do Corcunda de Notre Dame quando olhou pro professor daquele jeito. Os braços estavam esticados e pareciam pendurados em seu corpo. As pernas estavam cruzadas e também distendidas. A cabeça pendia para frente. O professor parecia que havia sido nocauteado.

A turma toda voltou a cochichar.

Nós também estávamos nos sentindo estranhos. Há tempos (mais precisamente sete, seis, oito tempos de Física?

---

[2] Frase tirada do "Soneto de separação", de Vinicius de Moraes.

Já me perdi aqui...) não temos mais tido aquelas aulas sem graça de ficar repetindo respostas. De alguma forma, parece que todos, além do Hideo, fomos estimulados a perguntar e isso fez com que a sala de aula se tornasse um ambiente bem mais interessante.

O conhecimento parece que é um mergulho no mar do desconhecido e não uma marcha em solos firmes como sempre nos fizeram acreditar que fosse. É nas perguntas e nas dúvidas que se começa essa maravilhosa apneia, e não nas respostas! A impressão que dá é que o professor Inácio está percebendo isso também, mas por que ele está sofrendo tanto?

Capítulo 18

É claro que o professor não ficaria bem se Hideo pensasse na primeira lei de Newton como um conto qualquer da carochinha. Se ainda fosse a segunda ou a terceira lei, vá lá. Mas logo a primeira, em cima da qual se ergue todo o edifício imponente da Mecânica?! Não. De forma alguma o professor deixaria que a lei da inércia sofresse blasfêmias dessa maneira.

Por outro lado, algumas perguntas começaram a ocorrer na cabeça do professor. Conversando com o Olavo, o nosso professor de Matemática, ele acabou soltando alguns dos questionamentos que o estavam atormentando:

— O que será uma "teoria", afinal? Digo, uma teoria científica. Será que é uma hipótese? Será que é, então, uma especulação? Não pode ser!

O professor de Matemática olhava para Inácio como se estivesse olhando para um zumbi.

— E se Newton foi um grande especulador que sacava muito de cálculo? Digo isso porque foi ele que inventou o cálculo diferencial, de modo a poder explicar a estrutura matemática toda a respeito do movimento dos planetas.

O fato de ele ter conseguido equacionar tudo faz de uma especulação uma verdade?

O professor de Matemática olhava para Inácio como se estivesse olhando para um zumbi dançando Macarena.

– Um modelo físico é algo da nossa cabeça, se pensarmos bem. Nós não conseguimos pegar um modelo físico com as mãos. Mas onde a matemática entra nisso? Quando ela entra é porque estamos mais perto de alcançar a verdade? Mas ela também não foi inventada pelo homem? E se for tudo fruto de nossa mente?

O professor de Matemática olhava para Inácio como se estivesse olhando para um zumbi dançando Macarena, fantasiado de Chapeuzinho Vermelho.

– Se eu olhar para a minha Física, o que encontro? Nós temos hoje um número imenso de modelos que são incompatíveis entre si e o número desses modelos segue aumentando desde o século XIX. Será que o objetivo da ciência não é a unidade e sim a superabundância? Será que nenhuma teoria carrega verdades em si mesma? Será que a melhor maneira de entender a natureza é aceitar que as leis existem e que podem mesmo ser inconsistentes entre si, cada qual aplicável a uma coisa bem específica e nenhuma aplicável a tudo? Será que estamos criando fenômenos em vez de descobri-los na natureza?

O professor de Matemática olhava para Inácio como se estivesse olhando para um zumbi dançando Macarena, fantasiado de Chapeuzinho Vermelho e pulando corda em cima de um pula-pula.

Sem saber o que fazer e com quem conversar, o professor Inácio recorreu ao próprio Newton. Pesquisou na internet e achou fácil o *Principia*. Ele descobriu que Newton havia baseado sua primeira lei do movimento na relação entre "força" – como uma ação externa que gera mudança no movimento – e "inércia", – como uma *propriedade* fundamental da matéria – que faz os corpos manterem seu estado, seja ele de repouso, seja de movimento retilíneo e uniforme.

Mas a coisa não foi simples nem para Newton. O professor Inácio viu que Newton definiu "força inata", essencial e inerente a um corpo, a qual ele chamou de *vis insita*, como "um *poder* pelo qual todo corpo resiste ou continua em seu estado, seja de repouso, seja de movimento uniforme em linha reta". O conceito de "força de inércia" implica, visto somente por essa definição, uma força interna nos corpos. Mas Newton repensou toda essa questão, para a surpresa do professor Inácio, e passou a tratar *vis insita* exclusivamente em termos da força com que o corpo resiste a mudanças do seu estado e não mais como uma força pela qual o corpo mantém seu estado.

– Veja, Odete! – gritou o professor para sua esposa, que estava vendo TV.

– Que é, Inácio? – disse Odete, megadesanimada.

– Newton não formulou de cara a primeira lei, não! – disse o professor, empolgado.

– ... – Odete fez cara de "Já posso ir?".

– Primeiro, Newton afirmou que uma força era necessária para manter o corpo em repouso ou em movimento retilíneo e uniforme.

– ... – Odete fez cara de "Já posso ir?".

– Segundo, Newton refletiu sobre o fato de que o movimento retilíneo e uniforme e o repouso poderiam ser dinamicamente indistinguíveis. De fato, Odetinha, tudo que ocorre em um referencial em repouso ocorre exatamente da mesma maneira em um referencial em movimento retilíneo e uniforme! Em resposta a essa observação, ele, Newton, fez a *vis insita* ser responsável por manter o corpo em repouso e em movimento retilíneo e uniforme!

– ... – Odete fez cara de "Já posso ir?".

– Finalmente, Newton percebeu que há uma diferença entre manter o corpo em repouso e em movimento retilíneo e uniforme e resistir a uma mudança de estado, e relacionou somente a última situação com "força". Ou seja, ele passa a considerar que uma força atua no corpo somente quando se verifica uma *mudança* no seu estado! Não é legal isso?

– Ô se é – disse a coitada da dona Odete, que não havia entendido patavina.

O professor Inácio se levantou, tirou a roupa e saiu gritando pela casa: Eureca! Eureca![3]. Depois, entrou no banheiro, encheu a banheira de água e tomou um banho de espuma bem relaxante.

---

[3] "Eureca!" é uma interjeição que significa "encontrei" ou "descobri". É normalmente dita por alguém que acaba de encontrar a solução para um problema difícil. Reza a lenda que a expressão "Eureca!" foi o que exclamou o cientista grego Arquimedes (287-212 a.C.) quando descobriu como resolver um complexo dilema. Arquimedes descobriu a solução quando entrou numa banheira. Conta-se que ele saiu, ainda nu, correndo pelas ruas e gritando eufórico: "Eureca! Eureca!". Qualquer semelhança com a atitude do professor Inácio não é mera coincidência.

Capítulo 19

— Em suma, gente – dizia o professor Inácio para a turma, depois de contar tudo o que ele contou para a noveleira da tia Odete –, o conceito de inércia que explica a perseverança de um corpo em manter seu estado de repouso ou de movimento uniforme em linha reta é concebido como uma *propriedade* das substâncias materiais. Para justificar o fato de também a inércia ser um conceito matematicamente exato, pela segunda lei verificamos que, se uma força for impressa ao corpo, haverá uma modificação na quantidade de movimento desse corpo. Newton percebeu que essa variação era suscetível de formulação quantitativa exata. Sob a aplicação de uma mesma força, corpos diferentes partem diferentemente do estado do repouso e do movimento retilíneo e uniforme; em outras palavras, eles são acelerados de formas diferentes. Assim, podemos tomar todos os corpos como possuidores da *vis inertiae*, ou inércia, que é uma característica matematicamente exata tanto quanto seja mensurável pela aceleração aplicada a eles por uma dada força externa. Quando falamos de corpos como massas, queremos dizer

que, além das características geométricas, eles têm esta qualidade mecânica de *vis inertiae*!

Galera, fala sério. O professor Inácio estava até falando em latim!

O professor sempre foi superanimado, mas os olhos dele estavam com um brilho diferente, muito parecido com o dos que descobrem algo inusitado – tipo quando ficamos ao ouvir do professor de Biologia que temos menos cromossomos em nossas células do que uma batata. Acho que é isso o que acontece quando estudamos algo de que gostamos e pelo qual temos interesse: todo nosso corpo fica com uma felicidade tão grande que até emana de *dendagente*. Bacana ver um professor feliz por continuar aprendendo...

– Em tempo, pessoal! – continuou. – Vale observar que uma vez feita a descoberta da massa, definiu-se força em termos de massa e de aceleração, e não vice-versa, uma vez que força é invisível, enquanto uma massa-padrão é um objeto físico que pode ser percebido e usado.

– Sortudo ele, não? – constatou Hideo.

– Por que sorte e não inteligência? – respondeu o professor com outra pergunta.

– Porque de tantas relações matemáticas possíveis entre massa e aceleração, a mais simples possível, isto é, o produto entre elas, foi bem-sucedida! – observou Hideo realmente perplexo.

– De fato, meu filho. Nem havia pensado nisso! – falou feliz o professor. – Mas ele, além de sortudo, foi muito inteligente. Newton fez uma clara distinção entre peso e massa ou "quantidade de matéria", pois pressupunha que alguma propriedade característica do corpo precisava ser invariante com relação à sua posição. O termo "massa", assim, foi pela primeira vez explícita e conscientemente reconhecido como um conceito básico na Mecânica.

Quanta coisa legal o professor havia aprendido para nos ensinar e como ele estava feliz por isso! A turma toda ficou animada ao ver o professor ter levantado das cinzas com mais vigor.

Avante, professor!

Capítulo 20

O professor Inácio sabia o que estava incomodando tanto o coitadinho do Hideo nas outras aulas, e se ele parou tudo o que estava fazendo para voltar a estudar, foi porque também ele se sentiu importunado. Uma ciência como a Física não poderia se apoiar em coisas obscuras ou algo que fosse igualado a uma hipótese ou a uma ficção. Deus me livre!

Mal sabia ele que a autora que teve a ideia deste livro que vocês estão lendo passou mais de cinco anos da sua vida trancada em bibliotecas e concluiu exatamente o oposto do que ele acreditava que fosse a verdade. Há mais metafísica dentro da Física do que sonha a vã filosofia do Inácio...[4]

---

[4] Essa frase, para quem não sabe, é uma paráfrase da fala: "*Há mais coisas entre o céu e a terra do que supõe nossa vã filosofia*", de Hamlet para Horácio, em uma peça escrita por Willian Shakespeare (aquele do "Ser ou não ser: eis a questão!" e outras preciosidades que valem a pena conferir em sua magnífica obra).

Voltando ao meu personagem...

As bases dessa ciência certamente são tão sólidas quanto uma pedra, e se ele não estava conseguindo mostrar essa solidez, bastava apenas estudar um pouco mais. O professor Inácio leu até parte de uma enciclopédia escrita no século XVIII para aprender mais coisas sobre o assunto. E que bom que ele seguiu essa meta porque, além de aprender umas palavras em latim, que trouxe mais erudição às nossas aulas de Física, o professor descobriu que Newton havia sido muito criticado e que a Mecânica havia sido reformulada por físicos que não concordaram com certas noções vagas que foram apresentadas no *Principia*, o tal famoso livro escrito por Newton. Esses físicos reformularam a Dinâmica eliminando certas falácias deixadas por Newton de uma forma que toda a Física fosse racionalmente justificável. O danadinho do Hideo tinha razão em achar tudo esquisito e em querer mais esclarecimentos! Quem diria...

Saindo do personagem...

Na verdade, isso é o que o professor pensava que eles – os físicos que vieram depois de Newton – haviam feito. Quanto mais estudamos esse assunto, mais percebemos que é impossível uma ciência que se propõe a explicar fenômenos da natureza ser estritamente objetiva. Todos os conceitos que fundamentam uma ciência, ainda que escritos de uma forma matemática, são passíveis de controvérsia.

Por conta disso, o professor Inácio estava passando por certos problemas na escola e isso era um assunto delicado. Ele só ficava estudando e não entregava mais nada dentro do prazo, não se via mais o professor corrigindo provas ou preparando lista de exercícios para os alunos. A coordenação estava tão chateada com ele que até os alunos ficaram sabendo (dado o poder que as paredes têm de ouvir) das queixas dos outros professores. Dentro da cabeça do professor, o conhecimento ganhou outra dimensão. Aquela cabecinha cheia de certezas estava permeada de dúvidas e curiosidades, como se ele voltasse a ter 5 anos de idade. E quando somos crianças, qual a importância de fazer coisas que não nos dão prazer? O professor Inácio havia voltado à fase do "Por quê?". Parece que aquelas perguntas que o Hideo havia feito ligaram um botão dentro dele e não havia mais livro que fizesse aquela mente sossegar... Isso, incrivelmente, foi ruim para o andamento da escola, que estava com o programa todo atrasado, já que o professor Inácio empacou nos pontos de interrogação.

Em casa, o professor também estava diferente. A esposa dele dizia que ele estava muito estranho de uns tempos pra cá; segundo ela, ele vivia lendo coisas que já estava careca de saber, já que ele dava aula disso há quase 30 anos.

O que vocês não sabem é que a pessoa que teve a ideia de escrever esse processo todo de mudança do professor Inácio (e que contou com a minha ajuda para isso) passou pelos mesmos problemas do coitadinho. Ela estava crente que sabia tudo de Física só porque resolvia probleminhas com facilidade. Porém, quando foi debater a fundo os conceitos utilizados nas equações e buscar a origem deles, viu que aquilo que ela pensava que fosse trivial era, na verdade, algo bem complicado, quiçá impossível haver consenso entre os que se utilizam desses conceitos para explicar alguma coisa. Ela percebeu isso depois de ler tantos debates entre os filósofos da ciência sobre palavras que ela usava sem pensar, como se fossem conceitos dados no mundo, por exemplo: massa, tempo, força, energia e por aí vai. Qual o quê, minha gente, qual o quê...

Qualquer mudança implica certo sofrimento porque morremos de certa forma para renascermos de outro jeito. O professor Inácio estava se esvaindo, nesse sentido, sem que percebesse. Mas que tipo de professor nasceria no lugar daquele que sempre foi tão simpático e empolgado? E quanto tempo ainda faltava para darmos a transformação como acabada?

Voltando ao personagem (toda hora a louca dessa autora vem e começa a escrever em meu lugar. Fala sério!)...

Os alunos não tinham do que reclamar. A matéria estava parada e as aulas estavam tão interessantes a ponto de o Yuki nunca mais ter ido ao banheiro nas aulas de Física. No mais, o professor ainda estava bem animado na última aula e cheio de esperança nos olhos:

– Então, meninos, a Mecânica é a ciência dos movimentos e "movimento" nada mais é do que uma contínua transição de um ponto no espaço a outro; e "repouso", quando o corpo permanece sempre no mesmo lugar. Ela pode ser definida por nada mais que propriedades que podem ser expressas pelo espaço e pelo tempo, tais como extensão, deslocamento e coisas afins. Podemos até deixar de lado os aspectos sombrios associados às questões de causalidade, por exemplo. O problema da Dinâmica, esse novo capítulo que estamos estudando agora, é encontrar as leis do movimento quando as mudanças são dadas, seja através do contato, seja através de pressões, seja através de atrações à distância. E todos os fundamentos são racionalmente justificáveis!

Dá até gosto ver um professor animado desse jeito. Antigamente, sempre que ele aparecia com esse entusiasmo causava um certo pânico na maioria da turma. Eles sabiam que depois desse nhém-nhém-nhém viria uma chuva de chumbo grosso em forma de exercícios chatonildos que perguntam coisas que ninguém quer saber. Mas agora há sempre uma esperança, pois a turma-cento-e-três tem o Hideo, e azar de todo o resto do mundo que não o tem.

Capítulo 21

Lembrando-se, então, dos argumentos daqueles que reformularam a Mecânica, o professor Inácio resolveu seguir o mesmo caminho. Apresentaria as leis de Newton começando pela primeira, é claro, mas o faria de forma a não deixar nada vago, tal como fizeram seus ancestrais, os grandes físicos e matemáticos do século XVIII.

(Isso é que eu imaginava que seria feito, mas depois que a autora resolveu se meter no capítulo anterior, eu já estou um pouco confusa sobre como isso pode ser concluído. Ou melhor: isso pode ser concluído?)

– Sendo assim, a primeira coisa que devemos saber é que um corpo em repouso persistirá em repouso, a menos que uma causa estranha o tire do repouso. Por quê? – perguntou o professor para ele mesmo responder. – Porque um corpo não pode, por ele mesmo, entrar em movimento, já que não há razão para que ele se mova para um lado ao invés de outro. Segue-se disso que, uma vez colocado em movimento por uma causa qualquer, persistirá sempre com um movimento retilíneo e uniforme, pois ele não poderá, por ele mesmo, acelerar nem retardar o movimento. Sendo assim...

– Mas, professor, ... – interrompeu Hideo, que de uns tempos para cá nem mais piscava nas aulas de Física.

– Fala, meu filho – disse serenamente o professor Inácio, com a segurança de um Napoleão Bonaparte ao proclamar o Bloqueio Continental.

– Duas coisas me parecem estranhas nessa sua colocação. A primeira é que o senhor disse que um corpo não pode, por ele mesmo, entrar em movimento já que *não há razão* para que ele se mova para um lado ao invés de outro, não foi isso? Por que "não há razão"? – indagou Hideo que, diga-se de passagem, está se superando a cada dia.

– Simples, meu filho – disse o professor Inaciopoleão. – O *espaço* é uniforme. Todas as partes são iguais ao todo. Por que razão o corpo se moveria para um lado ou para o outro se todo o espaço é igual? Não há razão! Simplesmente porque não há razão.

– Hum. Ok. O senhor então está partindo do pressuposto de que todo o espaço é igual... hum, interessante. Ok, então – disse o Hideo deixando claro que nada estava "Ok".

O que inquietava a alma do nosso amigo nenhum de nós, meros mortais irracionais, sabia, com exceção do professor, que ainda lembrava bastante Napoleão Bonaparte, mas agora na batalha de Waterloo.

– Qual a outra coisa que você não entendeu, meu filho? – desconversou rapidamente o professor.

– Houve uma passagem meio mágica na sua fala. Eu entendi o porquê de não haver razão de um corpo ir para a direita ou para a esquerda, já que o espaço *está sendo considerado* todo igual. Ok. Sendo assim, como o senhor falou, não há motivo para um corpo entrar por ele mesmo em movimento. Ok. Entendi. Mas daí, logo em seguida, o senhor falou que "se segue disso" que, se ele for colocado em movimento, ficará sempre em movimento retilíneo e uniforme? – indagou Hideo, incorporando um sábio chinês.

– Sim, meu filho. Se o espaço é todo igual, por que ele iria para a direita ou para a esquerda uma vez que entrasse em movimento? – explicou o professor claramente, sem deixar margem para mais nenhuma dúvida.

– Entendi, professor. Mas esse argumento não explica por que o corpo mantém a velocidade constante. Esse argumento só explica o porquê de o corpo, por ele mesmo, não conseguir fazer uma curva – explicou Hideo claramente, deixando margem para mais um tantão de dúvidas, não só no professor como em toda a turma.

– Pense comigo, meu filho: se a causa que mantém o corpo em movimento não muda, o corpo se moverá em linha reta e percorrerá os mesmos espaços nos mesmos intervalos de tempo! Somente quando uma causa estranha, diferente da causa que mantém o corpo em movimento, agir sobre o corpo, ele poderá acelerar ou frear.

– Isso ainda não está claro para mim, professor – falou honestamente Hideo.

Os alunos estavam acompanhando toda aquela discussão. Hideo não estava mais para brincadeiras. Ao contrário, estava com um semblante bem tenso, como aqueles que estão diante de um jogo de xadrez.

– Ok. Imagine um corpo que pode se mover, sozinho, de uma forma uniforme e em linha reta durante um certo intervalo de tempo, ok? – insistiu o professor Inácio.

– Ok – respondeu atento o menino com a turma toda acompanhando aquele debate e querendo saber qual era a dúvida de Hideo.

– Então, o corpo deve continuar a se mover, sozinho, perpetuamente dessa maneira porque: suponhamos o corpo partindo de *A* e capaz de percorrer, por ele mesmo, uma reta *AB*. Agora, imagine entre *A* e *B* dois pontos quaisquer, *C* e *D*, por exemplo.

Dito isso, o professor Inácio fez este desenho no quadro:

– Entre *A* e *B*, o corpo estando em *D* está precisamente no mesmo estado de quando está em *C* – continuou o professor –, exceto se ele estivesse em outro lugar! Então, deve ocorrer a esse corpo o mesmo que ocorria quando estava em *C*. Estando em *C*, ele pode se mover, sozinho, de forma uniforme até *B*. Então, estando em *D*, ele poderá se mover, por ele mesmo, de forma uniforme até outro ponto qualquer. Entendeu agora?

– Perfeitamente, professor. O senhor está me dizendo que o espaço é uniforme e infinito! – exclamou Hideo.

Ora, isso foi o que o professor Inácio estava falando desde o início! Não entendi essa de o Hideo ter freado a aula por algo tão claro... Pensei que ele viesse com alguma novidade.

– Exatamente isso, meu filho! – expressou-se de forma sorridente e satisfeita o professor Inácio.

– Pois é, professor. Mas estou me lembrando de quando o senhor falou sobre a teoria de Aristóteles e disse que o filósofo não aceitou um movimento ser retilíneo e eterno porque isso implicaria um universo infinito.

Eita! Não é que o professor havia falado isso mesmo? Sabia que tinha mais coisa na cabeça do Hideo. Sabia! Eu nem me lembrava disso!

– Hã-hã – gemeu o professor, sem sorriso nenhum. – É verdade.

– *Aristóteles usou esse mesmo argumento para provar que o vácuo não existia. No vácuo, o corpo não teria nada para continuar projetando-o para frente. Além disso, no vácuo não há lugar natural, pois as regiões seriam iguais entre si, assim não haveria razão para um corpo parar num lugar em vez de outro, uma vez que tivesse sido colocado em movimento, já que, segundo a filosofia natural de Aristóteles, o que faz um corpo se mover é sua busca ao seu lugar natural* – pensou em voz "alta" o professor, recapitulando o raciocínio de Aristóteles.

– Haveria a possibilidade, professor, de Aristóteles ter enunciado a lei da inércia mesmo só em pensamento para depois descartá-la porque isso contrariava um Universo finito? – Hideo questionou engenhosamente.

– *... no vácuo não há lugar natural, pois as regiões seriam iguais entre si, assim não haveria razão para um corpo parar num lugar em vez de outro...* – parecia que o professor Inácio estava rezando. – Sim, meu filho, haveria – respondeu, de cabeça baixa, à pergunta de seu genial aluno.

– Partindo de uma mesma hipótese, professor, podemos chegar a conclusões contrárias? – Hideo deu o *fatality*, o golpe mais poderoso e destruidor na história dos *video games*.

Como é que tudo que nos parece tão trivial, quando bem observado, vira algo tão complicado, não? A impressão que se tem é que não tem mais como considerar a Física como uma ciência exata, já que tudo pode ser motivo de discussão. E eu já não sei mais se tem como imaginar uma teoria desconectada de um tipo de Universo, de determinado conceito de natureza e, até mesmo, de Deus. Parece que todos esses conceitos estão conectados e, se estiverem mesmo, a ciência também não deixa de ser, ao fim e ao cabo, um ato de fé. Sempre partiremos de algo no qual acreditamos e que jamais pode ser provado. Será que é isso mesmo?

O professor, nesse momento, olhava para a turma com uma cara esquisita. Inspirou todo o ar da sala. Uns pensaram que ele fosse chorar, outros, que ele fosse espirrar. Porém, para a surpresa de todos, o professor começou a cantar... E em italiano!

– ♫♪ *La donna è mobile qual piuma al vento muta d'accento e di pensiero.* ♫♪ *Sempre un 'amabile leggiadro viso in pianto o in riso e menzognero.* ♫♪ *La donna è mobile qual piuma al vento muta d'accento e di pensier e di pensier e di pensier!* ♫♪

E assim foi-se embora o nosso professor, cantando como Pavarotti, sem ao menos se despedir da gente.

Capítulo 22

O professor Inácio tinha plena certeza de que a ciência é um conhecimento diferenciado; trata-se de um empreendimento intelectual sério, que visa entender o que nos cerca. Ser físico ou cientista é tal como ser um arquiteto... Um arquiteto do mundo! Não se trata de ficar idealizando leis que se adéquam aos resultados numéricos, ou seja, de construir apenas um instrumento. O professor Inácio acreditava que a ciência é muito mais do que isso. Uma teoria no campo científico deve servir de base à explicação do Universo e, para cumprir tal exigência, a teoria deve descrever, de forma clara, os meios através dos quais se verificam os fenômenos que ela explica. Ou não?

Mal sabia o professor Inácio que o conceito que ele tinha de ciência não era algo dado no mundo e, sim, construído. Muito menos é ponto pacífico entre os cientistas e os filósofos da ciência que a Física possa ser considerada uma ciência exata. O professor Inácio, com a ajuda de seus alunos, estava se dando conta de toda essa confusão.

Depois da última aula, o professor Inácio notou que tudo aquilo de que conseguimos nos aperceber depende, em parte, da maneira pela qual entendemos o mundo. O cientista busca atingir a verdadeira objetividade por meio dos registros das sensações experimentadas através das coisas materiais ou de alguns processos observados. Onde será que a verdadeira objetividade da ciência se assenta? Há objetividade na ciência? Como afirmar para seus alunos que estamos seguros sobre o fato de estarmos avançando em conhecimento em relação ao funcionamento e à essência do Universo através da ciência? O que realmente sabemos? No que devemos acreditar? Será a ciência racional? Será o Universo racional? Serão reais as entidades postuladas por uma teoria ou serão apenas construções da nossa mente usadas para modificarmos o mundo? A realidade tem a ver com o que pensamos a seu respeito?

Mas por que então a ciência é um sucesso? Não será porque estamos convergindo em direção à verdade? Pensar que estamos caminhando para uma descrição mais verdadeira do mundo é acreditar que tal descrição existe. Será que não existe "a verdadeira descrição"? Será que todo esse progresso na tecnologia nada tem a ver com o progresso das ideias?

A ciência pode ser igualada a um mero palpite ou um jogo de adivinha? O professor Inácio não poderia aceitar essa ideia... Mas, se ele não for capaz de conseguir uma explicação ou uma forma à prova de descuidos para identificar o verdadeiro produto resultante da ação do nosso intelecto no mundo tal qual se manifesta, por que ele deveria continuar ensinando Física para esses jovens?

Mal sabia o professor que, para todas essas perguntas, não há uma única resposta...

E agora, professor? Professor Inácio, e agora?

Capítulo 23

Luísa, que era péssima em Química, pediu a Hideo que usasse seu poder com o professor Miranda também. Ela queria ser atriz e achava que química não lhe serviria para nada, e não estava conseguindo acompanhar o avanço do conteúdo das aulas. Leonardo, que tinha dificuldades com Biologia e que já até tinha rezado pedindo a Deus para que mandasse uns vírus poderosos para o organismo da professora Bete, resolveu também pedir socorro ao amigo. João Gabriel queria ser rico e famoso, mas dormia sempre nas aulas de História. Ele, que mal se interessava pela história atual, como acharia interessante a Revolução Francesa que ocorreu há... há... Bem, devo confessar que não era só o João que não conseguia ficar acordado nas aulas do professor Loureiro. Ajude-nos, Hideo!

A verdade é que não estavam pedindo a Hideo que boicotasse as aulas ou fizesse com que o professor parasse de falar sobre determinado assunto. Mas sim que, dentro daquela temática, tornasse a aula mais instigante. Afinal, ir para a sala e ficar só aprendendo a dar respostas prontas e nem poder questionar nada ou debater era por demais desestimulante. Já quando nos tornamos meio donos dos nossos neurônios, parece que eles ficam mais agitados. E era isso que estávamos querendo que Hideo fizesse.

E Hideo, como qualquer herói, não poderia negar um pedido de socorro, ainda mais feito por amigos. E assim...

– Mas, professor, se a observação se limita àquilo que o cientista é capaz de perceber por meio dos sentidos, uma equação química descreve de fato a distribuição e redistribuição dos átomos nas moléculas? Como podemos ter certeza de que o senhor está falando a verdade se o senhor nunca viu sequer um elétron?

– Mas, professora, então a senhora tem de concordar comigo que essa teoria da evolução *só* serviu para descrever um mecanismo, já que não podemos com ela prever o que vai acontecer. Esse mecanismo causal é bem interessante e coisa e tal, mas não podemos prever a aparência das novas formas de plantas e animais porque sempre teremos a presença de um elemento imprevisível, ou seja, isso tudo que a senhora falou não passa de uma bela hipótese, não?

– Mas, professor, o senhor diz que devemos aprender História porque, vendo os erros cometidos no passado, saberemos como melhor agir no futuro, não? O senhor não acha razoável dizer que isso só é possível se os pressupostos do presente forem exatamente os mesmos do passado? Não parece, baseado na própria história, característico do ser humano que ninguém pode ser melhorado por meio de exemplos? Cada geração não precisa cometer os próprios erros? As tolices cometidas pelos pais não estão perdidas para os filhos?

Os professores ficavam petrificados por causa de uma turbulência de pensamentos que nunca lhes havia ocorrido.

E os alunos estavam cada vez mais empolgados com o novo herói da escola. Hideo, que já tinha muitos amigos, mal conseguia andar livremente pelo pátio na hora do recreio. Sempre havia um grupo de colegas em volta dele. Vinham até de outras turmas e de outras séries. Todos queriam ouvi-lo e aprender um pouco com o menino que sabia perguntar.

– Hideo, você acredita que a ciência possa ser a tentativa de ler a mente de Deus? – uma menina do terceiro ano perguntou.

– Pelo discernimento dos modelos regulares das sequências de percepções ocorridas na nossa experiência? Não. Claro que não – respondeu Hideo firmemente e se divertindo com tudo aquilo.

– Hideo, o que você pensa sobre os fenômenos que só são revelados no laboratório?

– Se você está me fazendo essa pergunta para saber se certos fenômenos da natureza são criações de Deus que ficaram esperando para ser descobertas, em verdade eu vos digo que eu acredito que certos aparatos e as invenções envolvidas foram construídos pelo ser humano e que certos efeitos só podem ser observados por meio de dispositivos como os que vemos nos laboratórios que aparecem na televisão e nas revistas.

– Hideo, meu Wii é desbloqueado, eu posso atualizá-lo?

– Se for desbloqueado por *chip* pode, sim, João Gabriel, agora, se for por *software*, não te aconselho isso, não, amigo, pois pode tornar seu console inutilizável.

Hideo possuía todo conhecimento necessário para passarmos pela nossa adolescência em paz. Ou melhor, para fazer com que a escola se tornasse um lugar onde fôssemos para pensar e não para apenas fazer o que o professor mandava, do jeito que ele queria e na hora que ele achava adequado. Perguntar, questionar e refletir eram coisas muito mais legais de se fazer do que apenas copiar, repetir e ficar apenas reproduzindo raciocínios dos outros sem criar nada em cima disso.

E era mais ou menos assim que estava sendo o nosso dia a dia: observando as aulas ficarem mais interessantes e sendo estimulados a participar mais delas pela presença do ser iluminado em que o nosso amigo Hideo havia se transformado.

E quanto ao professor Inácio? Terá ele conseguido se livrar daquele *looping* de reflexões?

Capítulo 24

O professor Inácio entrou em sala todo feliz cantando e dançando Macarena. Nós não sabíamos se isso era um bom ou mau sinal. Em todo caso, estávamos todos torcendo para que Hideo continuasse a nos fazer entender o quanto podemos compreender mais profundamente determinado assunto, ainda que as perguntas se multipliquem na nossa cabeça e mesmo sabendo que elas não têm respostas. Não é mais interessante isso? Ninguém ligava mais para o plano mirabolante de fazer com que o professor não desse a matéria porque isso nem nos tocava mais.

A lei da inércia em si já estava enjoando. Havíamos entendido que ela não poderia ser demonstrada matematicamente nem provada como uma experiência. Até aí tudo bem. A gente aceita a lei como uma hipótese na maior tranquilidade. Mas o professor Inácio estava mal com isso e queria que a gente confiasse nela como uma verdade absoluta, já que é ela quem fundamenta toda a Mecânica. Isso porque ele ainda estava muito preso ao que haviam ensinado a ele e, como já disse, mudar dói muito porque é enterrar quem já fomos um dia e isso nem sempre é fácil de fazer...

No caso da tal primeira lei de Newton, se ela não pode ser comprovada experimentalmente por definição, isso implica um ato de fé da nossa parte. É aí que a porca torcia não só o rabo como também todo o resto! Como pode alguns acreditarem e outros não que a parada da ciência funciona? O professor não admitia isso!

Vou aproveitar e confessar uma coisa para vocês: eu, que não tinha medo de andar de avião, nunca mais entro naquilo ali até que o professor Inácio responda claramente ao Hideo! No mais, aquele papo de bicho saber Física e coisa e tal, que os pássaros voam em "vê" para poupar energia, que abelha sabe fazer conta e mel, que castor entende de força e bá-bá-bá, bu-bu-bu, isso tudo só acontece porque eles não sabem o quanto essa lei da inércia é tensa de ser explicada. Se eles entendessem como a linguagem da ciência é complicada, duvido que ia ter passarinho aprendendo a voar com tanta facilidade! Duvido!

— Então, meus alunos, vamos considerar que a lei da inércia seja hipotética porque trata de um corpo completamente isolado de todos os restantes do Universo e, como disse o Hideo, isso nem sequer é possível imaginar. Ok. Aceitemo-la como uma hipótese, como uma convenção, já que não podemos afirmá-la com base na experiência. Não há, porém, como negar que o corpo oferece uma resistência quando tentamos mudá-lo de lugar. E, quando um corpo está em movimento, também oferece resistência para o frearmos. Fica nítido, digamos assim, que o corpo prefere continuar a fazer o que ele está fazendo, certo?

Silêncio.

O problema em sala de aula é sempre esse. Os professores perguntam se a gente entendeu a explicação. Enquanto a gente está pensando, digerindo todo aquele alimento que entrou pelos ouvidos, eles vão e continuam como se a gente tivesse entendido a parada. Mas, neste caso, até que não foi muito problemático. Afinal, qualquer um que tenha se metido na frente de um corpo em movimento ou tentado empurrar um móvel pesado concordaria com as palavras do professor Inácio.

– Todas as vezes que vencemos essa resistência – continuou o professor – dizemos que temos uma *força* aplicada no corpo. E chegamos, enfim, à segunda lei de Newton, que diz que a alteração do movimento é proporcional à força impressa, que pode ser considerada como uma ação que ocorre de uma colisão, pressão ou de uma força centrípeta, como disse o próprio Newton.

– É – interrompeu Hideo. – Mas há casos de um corpo atuar em outro sem que o movimento ou repouso seja alterado. Por exemplo, uma pessoa tentando empurrar uma geladeira sem sucesso.

– Muito bem observado, meu filho – elogiou Inácio. – Nesse caso, a explicação não pode ser dada pela primeira lei do movimento porque há uma força externa, caso este em que a lei não vale, concorda?

– E nem pela segunda, então, professor – insistiu Hideo –, pois estamos tendo uma força externa e nenhuma alteração no estado do corpo.

– Para tanto, meu filho, temos a terceira lei de Newton, que diz que toda ação corresponde a uma reação igual em valor e oposta em sentido. Há a força que você imprime no corpo e a força de reação que surge naturalmente da resistência desse corpo.

– Entendi. Uma anula o efeito da outra. Entendi – satisfez-se Hideo.

– Não. Veja bem! – interferiu o professor – Um par ação-reação nunca tem suas forças anuladas porque essas forças atuam em corpos diferentes.

– Então por que o corpo fica parado se existe força empurrando?

– Certamente porque nesse corpo atuam outras forças, como a força de atrito, por exemplo. Esta sim, se for em módulo igual ao valor da força que você aplica no corpo, fará com que ele permaneça em repouso. É como se alguém me puxasse pelo braço para a direita e outro alguém me puxasse para a esquerda. Se essas forças forem iguais em módulo, eu não saio do lugar, concorda?

– Sim. Não é difícil entender isso. Mas então força não pode ser definida como aquilo que modifica o estado natural do corpo. Se a geladeira não se move, por essa definição, não há força atuando sobre ela – concluiu Hideo.

– Veja bem – disse o professor Inácio.

– Veja bem – repetiu o professor Inácio.

– *Veja bem...* – pensava o professor Inácio olhando para o teto.

Se ele havia conseguido sair do *looping* de reflexões, não sabemos. Mas, com certeza, lá estava o professor Inácio de novo dando voltas com seus pensamentos.

Capítulo 25

— Ok. Podemos escrever a segunda lei de Newton assim: $F_R = ma$. Ou seja, o valor da força resultante é igual ao produto da massa pela aceleração. Se a aceleração for nula, a força resultante será nula. Há forças atuando no corpo, mas elas se anulam mutuamente, entenderam?

Ok. Quando coloca matemática no meio, tudo fica incontestável.

— Mas, professor, o que seria *força*, afinal? – perguntou Hideo.

Fala sério. Hideo agora vacilou legal. Qualquer um sabe o que é força. Força é quando a gente empurra, puxa, soca...

— Força é aquilo que altera o movimento – repetiu o professor calmamente. – A tendência natural do corpo é ficar em repouso ou em movimento retilíneo e uniforme, pela primeira lei de Newton. Se um corpo começar a entrar em movimento, frear, acelerar ou fizer uma curva, com certeza uma força atua sobre ele.

— Os planetas giram em torno do Sol. Se giram, não andam em linha reta, portanto, há uma força atuando sobre eles. Quem faz essa força, se não há nenhum outro corpo interagindo com a Terra, por exemplo? – indagou Nara, dessa vez.

E eu aqui achava que Nara era meio lenta. Qual o quê! Excelente pergunta. Aposto que o professor vai responder que é Deus. Que outra resposta existe para essa profunda questão?

– O Sol, minha filha. Newton também disse que quaisquer corpos que tenham massa se atraem mutuamente. O Sol atrai a Terra, portanto, aplica uma força sobre ela. Sabemos que há força atuando pelos seus efeitos, entendeu?

Hã? Como assim, gente? E de onde essa força aparece? Não era bem mais fácil dizer que Deus ficava empurrando os planetas? Se é para ficar inventando ideia, Deus não resolveria essa história bem mais rápido?

– Mas a força provém do movimento ou é o movimento que provém da força? Quando bato em alguém, por exemplo, a força aparece porque a minha mão está em movimento? – perguntou João Gabriel, que estava amarradaço naquela conversa.

– A força aparece porque você fez força! – irritou-se Ian com aquela discussão.

– Eu sei, meu amigo. Então, vamos colocar de uma outra forma – interveio Hideo. – Se chutam uma bola e a bola atinge a minha cabeça, a força que ela faz não provém do movimento?

– Claro, né, Hideo? – respondeu de novo Ian.

– Mas então! A força é, afinal, a causa ou o efeito do movimento??? – questionou Hideo em altos brados.

O professor Inácio estava com os olhos esbugalhados. Quando ele ameaçou falar, Hideo foi mais rápido.

– E tem mais uma coisa! A bola que atinge a minha cabeça... Ela só faz uma força porque estava em movimento, certo? E a tendência dela é permanecer em movimento devido à inércia, correto? Então, por que a inércia não pode ser considerada uma força?

Silêncio.
Mais silêncio.
Cochichos.
Muitos cochichos.
Conversas paralelas.
Conversas perpendiculares.
Conversas diagonais.
Falatório geral.
Feira.
Fim do tempo de aula.

Festa.

Capítulo 26

Lá estava o professor Inácio na nossa frente. Não parecia animado. Respirava fundo. Olhava para todos nós muito sério. Aos poucos, fomos diminuindo as nossas conversas até que todos ficamos em silêncio. De repente, o professor fez como se estivesse fazendo um solo de guitarra com as mãos, olhou para a gente com uma fisionomia de quem injetou dez litros de café na veia e cantou:

♫♪ *I can't get no satisfaction* ♪♫
♫♪ *I can't get no satisfaction* ♪♫
♪♫ *'Cause I try and I try and I try and I try* ♫♪
♫♪ *I can't get no, I can't get no!!!!!* ♪♫

Foi muito irado ver o professor cantando Rolling Stones. Todos os professores deveriam fazer isso. A turma, que estava em silêncio, muda permaneceu. Mesmo porque não dá para falar quando o queixo está caído. Estávamos todos boquiabertos. Maneiraça a cena! Um troço de doido mesmo.

– Muito bem – disse o professor com um sorriso de Monalisa e com os olhos de Capitu, ou seja, com uma fisionomia totalmente indecifrável. – Lembram de quando terminamos a nossa última aula e houve a pergunta do porquê de a inércia não poder ser considerada uma força?

Silêncio total. Claro que todos lembravam...

– As forças devem ser consideradas a partir de seus efeitos e, se surgirem problemas conceituais, elas vão ser consideradas somente do ponto de vista matemático! – começou o professor a sua enésima tentativa. – Assim, os problemas desaparecem! Estamos entendidos?

Silêncio total. Claro que todos não entenderam nada...

– Ou melhor – tentou pela enésima primeira vez o professor –, quando a força atuar no corpo, verificaremos que ela pode ser medida pela massa multiplicada pela aceleração. Melhor até que isso! Podemos medir a força com a ajuda de uma mola! Quanto mais a mola esticar, maior será a força e ponto final!

– Mas, professor – interrompeu Nara, ainda pensando nos planetas –, e no caso dos movimentos celestes, em que não há como colocarmos uma mola para estimar o valor da força? Como proceder?

– Aja como se houvesse uma mola invisível, oras! – respondeu impacientemente o professor Inácio.

– Mas daí, professor, sem querer ser chato, como vou saber o quanto a mola esticou se ela é invisível? – insistia, como sempre, Hideo.

– Para tanto, utilizamos a lei da inércia, oras! Quando o corpo não se move mais com movimento retilíneo e uniforme, medimos a força pela variação desse movimento.

– Aquela que é impossível de ser provada? Ah, tá. Então ok – terminou Hideo, sabendo que isso não acalmaria o professor.

– Qual o seu problema, afinal, meu filho? – questionou Inácio com os ombros caídos.

O problema do Hideo, todos sabemos. Todos sempre o consideraram burro porque ele não queria aprender Física e odiava ficar resolvendo aqueles probleminhas. Sempre questionou a finalidade daquilo para a vida. "Ah, mas tem que saber isso para passar no vestibular!", ele sempre ouvia isso – até da gente mesmo. Daí ele vinha e questionava a causa do vestibular cobrar aquele determinado tipo de conhecimento com tantas coisas bem mais interessantes para se aprender na vida...

Enfim, Hideo queria o impossível: se não mudar o mundo, ao menos as escolas, o que, ao fim e ao cabo, dá no mesmo.

– O meu problema, professor, vou lhe confessar, pela primeira vez, eu descobri que quero entender Física.

A turma toda ficou em silêncio mortal. Hideo parecia estar falando de um jeito sincero. O mais engraçado é que nunca ninguém havia prestado tanta atenção nas aulas do Inácio como nestas últimas e jamais ficamos tão entusiasmados com os questionamentos que eram levantados durante aquelas discussões. A despeito da matéria ter travado, íamos para a casa matutando sobre aquelas coisas e aquelas coisas nos faziam pensar em outras coisas, inclusive no sentido das coisas em si.

– Eu sei, meu filho. E eu descobri que não sei nada de Física.

Capítulo 27

O professor Inácio estava atordoado. Pela primeira vez entendeu que admitir a lei da inércia significa partir do princípio de que o corpo tem um estado natural de permanecer em repouso ou em movimento retilíneo e uniforme. Ou seja, ele fica nesses dois estados por si mesmo, sem que precise nenhuma força atuar sobre ele. Segue-se a isso que o movimento não uniforme ou não retilíneo não pode vir do próprio corpo. Simples? Assim lhe parecia...

Dito de outra forma, para que mudanças na velocidade ou na direção do movimento ocorram, uma causa externa tem de atuar no corpo porque, se vier do próprio corpo, devemos jogar fora a lei da inércia. Se consideramos que a força é igual ao produto da massa pela aceleração, segue-se daí que a concepção de força deve ser obtida a partir de um movimento acelerado. Colocado assim, parece fácil, como sempre o professor disse que era para seus alunos.

No entanto, o professor Inácio já estava entendendo que a coisa não é tão simples assim, como aparenta na maioria dos livros de Física...

O que é massa? É tudo o que tem matéria? E o que é matéria, então? Tudo o que tem massa? E isso lá é explicação? E força? É causa ou efeito, afinal? Quem disse que inércia não é força? Se não é força... É propriedade da matéria? Qual a diferença? E o que é, de novo, matéria? E desde quando ciência é conhecimento testável?

"Ora, ora", pensava o professor com seus botões sem precisar mais de Hideo para estimulá-lo a fazer isso, "a previsão é o objetivo da ciência? E se imaginarmos um mágico em uma apresentação? O problema com que a plateia se defronta é muito parecido com o do cientista, já que, com ambos, a aparência não se explica por si mesma", pensava Inácio. No mais, o problema não é prever o que vai acontecer em um *show* de mágica. Todos sabemos que, ao serrar uma mulher, a mesma mulher, daqui a pouco, aparecerá inteira no palco. As previsões em um espetáculo podem se confirmar sempre, mas não explicam nada sobre o que vemos!

A ciência busca explicações daquilo que vemos? Em que medida explica com conceitos que princípios não podem ser provados? Pode um conceito ser ausente de subjetividade?

"Mas, pior!", continuou matutando o professor ao pensar em mitologia, "nem as teorias que explicam a ciência podem justificá-la. Na mitologia romana, por exemplo, a deusa da agricultura e da fertilidade é Ceres. A mesma que os gregos chamavam de Deméter. A deusa tinha uma filha com Zeus chamada Perséfone. Ela era tão linda que foi raptada por Hades, o deus do mundo inferior e dos mortos. A saudade que Deméter tinha da filha explicava as estações do ano. Deméter sente a falta da filha e começa a chorar, descomedidamente. Com esse choro, ela começa a provocar alagamentos, enchentes, torrentes. Os homens começam a reclamar com Zeus e com Deméter o que foi que eles fizeram pra deusa estar tratando os homens dessa forma. A deusa reivindica a filha de volta. Perséfone, então, volta, mas só por algum tempo, segundo o acordo que Zeus aceita. Ela passa seis meses com a mãe e seis meses com Hades. Quando a deusa está feliz com a filha, chamamos de primavera e verão. Quando ela está triste, ocorre o outono e o inverno. Quanta besteira, não? Mas isso não é uma boa explicação? Só não se mostrou uma excelente explicação porque a primavera não ocorre ao mesmo tempo em todo o planeta, assim, é claro, como as outras estações. Mas os gregos não sabiam disso. E nós, sabemos de tudo?", perguntava-se Inácio.

Em que medida a ciência pode ser considerada uma forma de não nos iludirmos? Mas, por outro lado, como pode a ciência ter esse poder de transformar tanto a natureza? Como pode o ser humano ter chegado à Lua? Como podem os seres humanos viverem em áreas que, sem a ciência, morreriam, ainda que não entendamos o que seja a inércia? O que diferencia a ciência de não ciência não é a capacidade de resolver problemas objetivamente? Ou não? Existe uma realidade material distinta das aparências sensíveis? De qual natureza é essa realidade? Uma teoria física é capaz de nos ensinar algo sobre a realidade?

Mas... E quando seguimos o caminho de uma teoria da Física, e quando acompanhamos suas deduções regulares ainda que em cima de suas primeiras hipóteses, e quando observamos suas leis experimentais... É possível não se deixar influenciar pela beleza, tal como nos comportamos diante de uma obra de arte? E o que dizer sobre a facilidade com que cada lei experimental encontra seu lugar na classificação criada pelo cientista? Seria essa classificação artificial? E sobre o pressentimento que temos em relação à ordem lógica na qual a teoria arruma as leis experimentais ser uma ordem ontológica? As ligações que a teoria estabelece entre os dados de observação não correspondem às ligações entre as coisas? Ora, Inácio estava impotente para fornecer uma justificativa para essa convicção, porém, mais ainda para afastá-la de sua mente! E como explicar o progresso da ciência?

A solução dessas questões transcende os métodos de observação usados na Física e o professor Inácio havia entendido isso. O ponto agora era: como dar aula de Física como outrora? Como passar segurança daquilo que ele ensinava? Como mandar todos adentrar o edifício se ele descobriu que a base deste é feita de palafitas?

Capítulo 28

E o professor Inácio não parava de pensar no porquê de ele nunca ter refletido sobre tudo isso antes, se havia aprendido tanta Física, se a vida dele sempre foi dedicada a estudar essa linda ciência. "Teria sido culpa dos livros?", pensou Inácio. Entre a natureza e Inácio, sempre estiveram muitas obras impressas de uma forma correta, certeira, muito bem apresentadas. Os livros de Física, pelos quais Inácio estudou, há mais de meio século são copiados uns dos outros e fornecem, para quem estuda neles, uma ciência imóvel, consensual, que, graças ao programa do Ensino Médio, que serve a um exame final para que o aluno seja aprovado no vestibular, chega a passar a ideia de que aquela determinada maneira que apresentam a ciência é a natural.

Inácio foi até sua biblioteca, que estava repleta de livros de Física. Folheou-os. Nenhum deles o havia incentivado a pensar sobre as coisas que Hideo apontava. Todos ofereciam uma satisfação imediata à curiosidade. Qualquer teoria primitiva, referente a qualquer fenômeno observável, apresentava-se, em seus livros, como uma teoria clara, quiçá fácil. E, ainda, muitos capítulos ofereciam experiências com o objetivo de evidenciar e comprovar a teoria ou explicar um conceito. "Fazendo isso, como eu fiz a minha vida inteira", pensava Inácio, "eu contribuí para que meus alunos acreditassem que todas as fórmulas e leis são testáveis em um laboratório. Nas experiências", refletia o professor, "muitas vezes, na verdade, encontramos ocasião para aplicar um conceito, explicitá-lo. Então", perguntou-se Inácio, "a ciência, afinal, encontra seus objetos ou os constrói?"

"Estou, eu, imerso em um sistema que se autoreproduz 'naturalmente' e ajudando a fortalecê-lo?", indagava-se ainda o professor. "Em que medida eu estou ajudando os meus alunos a formular determinado conceito de 'ciência', 'cientista', 'método científico', 'natureza' etc. ? Em que medida eu estimulo meus alunos a refletirem sobre esses conceitos?"

Inácio constatou claramente que os programas escolares se baseiam no pressuposto de que os conhecimentos podem ser adquiridos em uma ordem lógica predeterminada. Ou seja, nem sonham em levar em consideração que o aprendizado só acontece em resposta a um desafio, a uma curiosidade. Isso, de certa forma, justificava a reclamação de tantos alunos, que Inácio sempre ouvira, quanto à necessidade daquilo que se estava aprendendo em sua aula. Inácio viu, então, de forma nítida, que havia sido objeto de tortura para quem "ensinava". Não é à toa que seus alunos vibravam quando ele ficava doente, mesmo sendo tão carinhosos com ele quando estavam fora de sala de aula.

Como professor de Física, Inácio verificou notoriamente que muitas escolas particulares, que usam seus laboratórios como vitrine para os pais para mostrar que se trata de uma escola moderna e bem equipada, de educação, nada ou muito pouco sabiam. Muitos desses laboratórios não só nada ensinam como fazem pior: enganam. O que os equipamentos megamoderninhos dizem é: "É assim que se faz ciência de qualidade". "Não é nada disso", concluía desesperadamente o professor. "Ciência não é coisa que se faça em laboratórios. Ou melhor, dispensamo-los facilmente, pois ciência se faz em qualquer lugar. Quando perguntaram a Einstein onde ficava o laboratório em que ele trabalhava, ele apontou para sua peruca branca descabelada. O famoso físico sabia muito bem o que dizia. Para se fazer ciência, basta usar a cabeça. E a primeira tarefa de um professor de Física deve ser ensinar a pensar, ensinar a perguntar e não ensinar a responder (!)", concluía estarrecido Inácio.

E continuava na matutação o coitadinho: nossos currículos são organizados em função de uma razão maior, que está longe de ser o benefício dos alunos como seres humanos e pensantes. "É mais ou menos assim", observava agora com nitidez, "os currículos de nossas escolas servem para 'formar' os alunos, mas, na verdade, enformamo-los. Pior! Deformamos nossos jovens!" E bem sabia Inácio que tudo o que é "formado" é fechado. Ora, a educação não seria muito mais útil se abrisse nossos horizontes ao invés de limitá-los?

Inácio, enfim, havia cansado de deformar adolescentes. Resolveu dar um basta nessa prática. Percebeu que a Física que ele ensinava era um desserviço para a sociedade porque não servia para absolutamente nada a não ser fazer o aluno passar em uma prova: "Quem dos meus alunos usou a equação de Torricelli na vida?". Ele mesmo, como professor de Física, jamais havia usado a fórmula sem ser em sala de aula. O dia que precisou mesmo usar para saber se ia ou não bater o carro, antes de começar a fazer a conta, já havia colidido! Saber da existência da equação é uma coisa, compreender a sua origem, idem, mas resolver um problema em que se pretende calcular se o carro vai ou não atropelar a vaca quando está a determinada distância dela e se imprime ao carro uma dada aceleração... Para que isso? "O que isso acrescenta ao meu aluno para que ele se torne mais crítico? Em que medida essa prática estimula a criatividade dos meus meninos?", questionava-se impetuosamente Inácio.

"Seria o educador também um animal político? Quer ele queira, quer não, sim", concluía Inácio, indignado. Trabalhando em cima do currículo-padrão, o professor contribui para formar um sujeito reflexivo, crítico, que fomente a emancipação popular ou ele forma bem indivíduos acríticos, obedientes e conformistas, contribuindo para a manutenção de um quadro de inércia coletiva diante das questões sociais?

"Fiz meus alunos acreditarem que minha aula terminava quando a outra começava e que a matemática era a única forma em que a natureza se manifesta para os cientistas!", consternava-se Inácio. "Nas escolas em que trabalhei", lembrava Inácio, "os professores sempre competiram entre si quanto ao grau de importância da disciplina que lecionavam. Estimulavam a ideia de que há uma diferença entre ciências exatas e todas as demais. Assim, formei, literalmente, psicólogos que não sabem fazer contas e engenheiros que não gostam de poesia. Dividi o uno!", atormentava-se o mestre. "O cérebro dos meus alunos, que se tornaram monstros do dr. Frankenstein nessas escolas, foi sempre usado como mero depósito de informações, em sua maioria, irrelevantes!"

"Em que medida a excessiva presença de uma concepção de ensino de Física fundada na resolução de problemas matemáticos pode ser considerada como o melhor meio de ensinar Física?", continuava a refletir Inácio. "Em que medida as aulas de Física nesses moldes contribuem para que se forme determinado conceito de ciência, assim como ajudam a consolidar a confiança no método científico e em afirmações como 'cientificamente comprovado'? Por que a discussão conceitual nas aulas de Física não é incentivada nos cursos do Ensino Médio e na própria graduação, no Brasil?"

Resolver um problema matematicamente significa dizer que uma solução foi encontrada? A discussão conceitual, de alguma forma, pode ser sinônimo de incompreensão dos fenômenos equacionados? E se for, será esse o motivo pelo qual a evitam?

"Não quero mais fazer isso!", bradava o professor, sozinho em seu escritório. "Quero meus alunos usando a cabeça para conectar os dados que lhes são apresentados. Que eles aprendam a analisá-los, a criticá-los e a refletir sobre eles! Todo e qualquer conhecimento por nós, de fato, adquirido", percebia Inácio, "começa com uma interrogação e não com uma afirmação desinteressante de alguém em pé na nossa frente. Fala sério! Como nunca vi isso?!", bradava ele para a parede.

"Tudo se inicia na curiosidade e não na autoridade de um professor! Nosso modelo de educação entende muito bem da arte de doutrinar, habilitar, instruir, pontificar, mas pouco ou nada contribui para alumiar mente nenhuma; pelo contrário, anuvia!", deduzia desoladamente o professor Inácio.

Capítulo 29

Algo estranho aconteceu no outro dia. O professor Inácio entrou animado já olhando para o Hideo. Pronto. Tomara que ele venha nos explicar tudo porque, até nós, meros mortais dentro de sala, estávamos com a cabeça a mil com todas aquelas questões.

– E então, meu filho, pensou em alguma coisa mais? – perguntou o professor, entusiasmado.

– Pensei sim, professor. Pensei nesses probleminhas que a gente fazia no bimestre passado. Lembra? Que a gente calculava o tempo de viagem, a distância percorrida...

– Claro, meu filho! E então, o que te incomodou neles?

– Fiquei pensando sobre a medição do tempo e do comprimento. As grandezas básicas que a gente usa para calcular a velocidade, por exemplo.

– Sei... – acompanhava o professor, agora, muito satisfeito.

– Então, pensa comigo, o padrão do tempo é natural por ter sido medido pelo movimento da Terra em torno do Sol, certo?

– Sim. Claro – ouvia o professor atentamente.

– E o padrão do comprimento é artificial, pois, como você explicou, em algum lugar do mundo, que me esqueci, foi fabricada uma barra de metal de determinado tamanho e alguém disse que aquilo ali seria um padrão.

– Sim. Mas hoje em dia, meu filho, o padrão de comprimento se assemelha ao do tempo, sabia?

– Como assim, professor? – perguntou Leonardo, que estava adorando aqueles bate-papos.

– O metro agora é definido como 1.650.763,73 comprimentos de onda da risca vermelho-laranja do criptônio 86.

– Hã? – assustou-se Ian.

– Não importa. Depois posso falar mais sobre isso. Continue suas divagações, meu filho – disse o professor olhando para o Hideo.

– Eu me pergunto, professor, se o dia, tomado como unidade de tempo, não passa de uma abstração matemática dos movimentos da Terra e do Sol. Por exemplo, professor, alguém fixou um segundo-padrão em determinado ano, certo?

– Sim, consideraram que ele seria uma fração do dia solar médio.

– Justamente. E em cima dele, criaram-se relógios. Como estaremos certos de que os relógios não alteram os seus ritmos?

– Sim! Claro! Mesmo porque – continuava o professor com os olhos arregalados de tanta animação – os segundos decorridos no ano em que o segundo foi medido esvaíram-se para sempre! Então, é logicamente impossível comparar o segundo de hoje com o segundo-padrão! Interessante, não?

– Muito. E bem engraçado isso. Daí, eu pensei que os relógios no verão, com o tempo mais quente, trabalham de forma acelerada durante o dia, dando a impressão de cobrir mais horas, e no inverno, por causa do frio, funcionam mais devagar, parecendo até não contar algumas horas.

– Daí, você viajou muito, não? – interrompeu Ian.

– Não! O que ele fala pode fazer sentido! – dizia o professor, eufórico. – E todos os processos naturais podem acelerar juntamente com o relógio devido ao calor e atrasar no inverno! Bom, pensando bem aqui com meus botões, essa ideia, se for elaborada mesmo, vai apresentar alguns defeitos. Mas poderia ser uma teoria, com algumas leis e, tanto quanto hoje me é dado perceber, essas leis poderiam ser até consistentes, viu?

– Hã? – fez Ian com a boca, com a testa e com os braços.

– Quem me garante que o andar dos relógios é regular, Ian? – perguntou Inácio ao aluno.

– A fé na regularidade dos relógios! – respondeu o próprio Inácio, sorrindo como o Gato de Cheshire.

– Justamente, professor – confirmou Hideo toda aquela maluquice sem pé nem cabeça.

– E veja bem, meu filho, hoje temos os relógios atômicos, que são um tipo de relógio que funciona baseado em uma propriedade do átomo, sendo o padrão a frequência de oscilação da sua energia. Como um pêndulo de relógio, o átomo pode ser estimulado externamente (no caso, por ondas eletromagnéticas) para que sua energia oscile de forma regular, por exemplo: a cada 9.192.631.770 oscilações do átomo de césio-133, o relógio entende que se passou um segundo.

Fala sério! Como pode o professor guardar esses números na cabeça, gente?

– Não entendi nada, professor! – gritou João Gabriel, que estava querendo, de fato, entender.

– Não importa. O que é importante é que esses relógios atômicos funcionam baseados em uma propriedade do átomo. E um átomo de césio é igual, por princípio, a outro átomo de césio. Na verdade, acreditamos nisso porque não conseguimos estudá-los em sua individualidade. Ou seja, o que aqui está sendo tomado por princípio é algo que não pode ser, de fato, comprovado. E aí, pergunto agora para vocês: esses instrumentos todos nos informam algo objetivo sobre o mundo? – perguntou o professor, com os olhos esbugalhados para a turma.

Silêncio.

– Há informação independente da teoria? – continuou o professor, com cara de quem está vendo cores que não existem.

Mais silêncio.

– Porque, pensa comigo, gente, nós recolhemos informações fornecidas por aparelhos de medição considerados seguros e confiáveis, mas isso só acontece porque nosso conhecimento se apoia em fenômenos como o da igualdade entre os átomos, por exemplo. E assim os instrumentos e as teorias se encontram para estudar um fenômeno! Não é interessante isso? – questionava o professor, com um sorriso de orelha a orelha e de braços abertos.

– E são os resultados colhidos da experiência e dos cálculos que formam a base de nossa confiança. O que está detrás de tudo é a maneira pela qual tudo se conjuga, percebem? E aproveito para perguntar sobre a tal da objetividade. Não reside ela na concretização das expectativas dessas experiências? Porque nas medições, por elas mesmas, já vimos que está difícil. Não podemos, à luz dessas considerações, concluir que o conhecimento científico é um conhecimento puramente objetivo. Ao contrário!

Percebemos que qualquer conhecimento que pretende versar sobre a realidade requer profundas discussões e conjecturas! Ou seja, a Física é uma ciência humana! Ela é fruto de muita criatividade e de um olhar diferenciado sobre o mundo, cujos conceitos podem e devem ser discutidos! Não existe, ao fim e ao cabo, diferença entre ciência exata e ciência humana! Isso é uma mentira que nos contaram várias vezes e que acreditamos que fosse verdade! Não é megainteressante isso? – terminou o professor, soltando uma gargalhada como aqueles que enxergam algo pela primeira vez.

Pronto. O professor Inácio havia enlouquecido de vez.

Capítulo 30

É claro que as aulas estavam pra lá de "atrasadas". Os outros professores que davam aula para o mesmo ano na escola Nata do Saber estavam anos-luz à frente em termos de matéria dada do livro. Incrivelmente, mesmo assim, nós, alunos do professor Inácio, estávamos sentindo que sabíamos muito mais.

Afinal, pela primeira vez debatemos muito em sala sem nos preocuparmos com uma prova. E isso nos deu uma certa leveza. No mais, sempre que terminamos de fazer uma prova a impressão que temos é de que esquecemos tudo. Parece que deixamos todo o conteúdo que estudamos naquele papel e pronto. Acabou. Se tivéssemos que fazer a mesma prova no dia seguinte sem estudar, acho que zeraríamos ou chegaríamos muito próximo disso.

Mas todas aquelas aulas com o professor Inácio, de que participamos de forma direta, batendo papo com ele, ou pensando simplesmente nas questões levantadas pelos colegas, pareciam que durariam muito mais dentro da gente. O professor Inácio não mais se parecia com os outros professores, que se comportavam como se soubessem muito e nós, nada. Ele, agora, era tipo uma enzima, servia para facilitar um processo. Ajudava-nos a fazer perguntas e a olhar o tema por outros ângulos. Não desconsiderava nenhuma ideia por mais louca que fosse. Aliás, quanto mais maluca parecesse uma afirmação, mais o professor vibrava com ela e estimulava o aluno a aprofundar o que estivesse falando. Era muito doido tudo aquilo... Estávamos adorando.

Não demorou muito, o fato correu por toda a escola e o professor foi chamado pelo diretor Armando.

– Posso saber, professor, o que anda acontecendo com a turma 103? – perguntou seriamente o diretor.

– Houve alguma reclamação dos meus alunos, Armando? – quis saber Inácio.

– Não, claro que não. Pelo que estou sabendo, eles andam se divertindo muito em suas aulas, não estão aprendendo nada. Digamos que um passarinho me contou que o senhor anda criando confusão entre os alunos dessa turma e de outras turmas em que seus colegas trabalham.

– Que tipo de confusão, Armando?

– Todos querem ter aula com o senhor, professor. Mas o motivo não me pareceu nada digno. Querem ter aula com o senhor porque o senhor resolveu não mais cumprir o que está no programa e não tem mais seguido o livro adotado nesta escola.

– Ah, sim. Isso é verdade – confessou Inácio. – Mas posso justificar. Se a escola tem como preocupação visar à preparação básica para o trabalho e a cidadania do educando, no que esse livro tem ajudado?

– Como, professor? Desculpe, não entendi nada! – reclamou impaciente o diretor.

– Ok. De uma outra forma, então, em que medida seria possível construir e exercitar cidadania ensinando Física, estudando leis, teorias e princípios físicos envolvidos no funcionamento e/ou fabricação de objetos tecnológicos na forma em que é feita nos livros utilizados aqui?

– Cidadania?

– Sim. O Ensino Médio não é considerado a etapa final da preparação do jovem para exercitar a cidadania?

– Bem... É... Sim... Mas e daí?

Daí que o professor Inácio começou a estudar a origem das escolas e por que elas ensinam Física dessa forma tão desinteressante para a maioria dos alunos. Qual foi a surpresa do professor ao descobrir que todo o sistema de ensino foi montado em determinada época, com determinado objetivo e este pouco tem a ver com o aprendizado, e sim concentra-se na instrução. Todos somos adestrados para fazer um certo modelo de prova. E o professor, que estava questionando tudo, resolveu se perguntar sobre o propósito de tudo aquilo.

– Daí, Armando, pensa comigo, qual é a relação entre escola e cidadania, afinal? De fato, a educação sempre esteve a serviço de determinado tipo de cidadania. Há muitos paradigmas de cidadania e temos que saber qual está sendo adotado na educação de hoje e nesta escola. Não podemos e não devemos considerar que a escola pode se aproximar de instituições vinculadas aos interesses dos processos produtivos? Se levarmos em consideração que vivemos em um mundo que condenou milhares de pessoas a uma vida demarcada por condições de miséria, desemprego, violência e demais indicativos de condições sociais inaceitáveis, o assunto "cidadania" deverá ser, no mínimo, mais esclarecido, não acha?

O ponto é que o mundo anda mal das pernas, não há como negar. E a escola não parece contribuir para que ele melhore. Quando entramos no Ensino Médio só nos falam sobre prova e prova e vestibular e Enem e prova e prova, mas não saímos com mecanismos que nos possibilitem modificar tudo o que estamos vendo de errado. Nem sequer reciclar lixo de forma decente aprendemos, assim como cozinhar, plantar, criar...

– Não estou entendendo aonde o senhor quer chegar com esse discurso, professor! Nossa escola tem um compromisso sério. Nossa proposta para a Física é pautada no estudo ativo de aparatos tecnológicos, permitindo a esses jovens interpretar o conhecimento científico como um conhecimento privilegiado no sentido de que, entre muitos, ele é aquele capaz de garantir mecanismos eficientes de aperfeiçoamento e, para isso, portanto, a ciência deve ser ensinada. Isso já foi mais do que debatido aqui dentro e é para esse fim que o senhor está sendo pago, professor, não se esqueça disso – ameaçou o diretor.

Se o professor Inácio continuasse dando a aula do jeito que sempre deu, e tivéssemos mais professores de Física, Química e Biologia assim, certamente, sairíamos do Ensino Médio acreditando que os cientistas são pessoas que colaboram somente com a sociedade para um progresso coletivo e nem sequer nos perguntaríamos se o avanço da ciência, apesar de parcial e provisório, é uma verdade inquestionável. O que acreditamos que seja a "ciência" e o que sabemos sobre como ela é produzida em nosso meio influenciam diretamente o nosso comportamento como cidadãos.

– Pois então, Armando, as consequências disso podem vir de encontro ao que seja, de fato, considerado melhor para uma sociedade.

– Professor, o senhor está delirando. Nossa escola tem um nome a zelar. Estamos entre as melhores escolas do estado. Nosso índice de aprovação no vestibular é elevadíssimo. E devemos mantê-lo ou superá-lo, lembre-se disso!

A abordagem tradicional que o professor Inácio utilizava nos ensinando Física tinha muito a ver com algo instrumental, ou seja, atribuía ao "para que ensinar" um sentido utilitarista. Depois ficou bem diferente...

– Armando, a ver os livros didáticos utilizados em várias escolas, percebe-se claramente o quanto as escolas inserem na cabeça dos alunos um conceito de ciência em que se tem verdades absolutas e inquestionáveis. Como se tudo o que foi descoberto fosse ponto pacífico, e não é bem assim que a ciência funciona...

– Professor, posso saber o que o senhor coloca no lugar dos livros que utilizamos há mais de dez anos? – debochava o diretor.

– Pois não, Armando. Gostaria de algo que potencializasse uma ampliação de conhecimentos em sua totalidade e não por partes isoladas. Acredito que, no que toca especificamente ao professor que ministra determinada disciplina científica, deveria fazer parte das variadas preocupações subjacentes aquela que procura levar em consideração a necessidade de garantir, como parte do horizonte cultural do professor de Ciências, respostas às questões do tipo: qual a origem do conhecimento científico? Quais são os seus mecanismos de transmissão? Quais os procedimentos de validação e métodos que os respaldam? Quais as diferenças e semelhanças entre a disciplina científica específica ensinada pelo professor e as demais? Refletir sobre essas questões significa dominar com competência não só o conteúdo que lhe cabe ensinar, juntamente com os métodos didáticos associados à sua disciplina, mas também significa estimular estudantes a ficarem atentos às questões mencionadas.

– O senhor enlouqueceu de vez, professor?

Capítulo 31

O professor Inácio precisava do emprego, coitado. Tivemos, portanto, que voltar às nossas aulas normais. Mas, ainda assim, sempre que podia, mesmo na hora do recreio ou em aulas extras facultativas, nas quais apareciam até alunos de outras turmas, ele procurava desenvolver na gente um conhecimento mostrando as inter-relações complexas entre ciência, tecnologia e decisões sociais. Aquelas maluquices todas. Mostrava para a gente que a ciência pode ser entendida como prática que se define a partir de um conjunto de crenças, princípios e normas compartilhado por determinada coletividade. Ele passou a sempre nos chamar a atenção mostrando que a forma pela qual aprendíamos Física poderia fortalecer vínculos com correntes político-educacionais que alimentam a mera reprodução de um sistema. Um troço de doido mesmo tudo isso. Ele frisava que temos de ter consciência, não sermos ingênuos ao agir socialmente.

O professor Inácio acabou, do jeito dele, descobrindo uma configuração no ensino de Física em que ele se tornou um mediador de uma aprendizagem dita significativamente crítica e passou a desarmar então, com maestria, as armadilhas da aprendizagem ou ao menos as identificava para a gente. Sempre que podia, ele promovia diálogos em sala de aula sobre as maneiras de entender a ciência (que sempre, lembrava ele, está longe de um consenso) e sobre o quanto uma teoria é capaz de explicar ou versar sobre a realidade. Havia horas em que ele precisava dar um fim na nossa discussão porque mais perguntas sempre eram formuladas, não só pelo Hideo mas por todos nós que pensávamos, sem sentir, mergulhados naquelas deliciosas divagações coletivas.

Além dos "conteúdos científicos" que ele era obrigado a dar, o nosso querido professor, sempre que podia, discutia como eram estabelecidos os conceitos por nós utilizados naqueles exercícios enfadonhos. "O que é mais importante, meus alunos", dizia sempre o professor Inácio, "é o que não está escrito neste livro".

Saber que não é um ponto pacífico entre os que trabalham com ciência a opinião sobre a "natureza da ciência" e o modo pelo qual ela é produzida foram pontos fundamentais para que nós pudéssemos, hoje, questionar como se dá, por outros ângulos, a relação entre ciência e sociedade, além de ter nos ajudado a ser cidadãos mais reflexivos, críticos e antenados.

Aprendemos, por exemplo, a física do avião, sabemos falar sobre empuxo, sabemos que a asa mais usada em aviões comerciais tem a parte de cima curva e a de baixo reta, sabemos que esse tipo de construção induz uma diferença de velocidade na passagem do ar: o ar de cima passa mais rápido, pois percorre um caminho maior no mesmo tempo que o ar de baixo, que passa mais devagar... Mas quem nos ensinou a voar, ah, isso foi a alucinação geral inicialmente do Hideo, que depois pegou no professor Inácio e em todos nós.

Um dia, já completamente aparvalhado, o professor nos contou uma história. Ele dizia que havia um lugar com vários pilotos de carro de corrida e engenheiros. A cada dia, eles mexiam em um detalhe na máquina e o carro andava cada vez mais rapidamente. Dizia o professor que eles sabiam tudo da ciência da velocidade nas pistas, mas quando foram questionados sobre o destino, sobre aonde queriam chegar com tamanha aceleração, responderam que não se importavam com isso. Eles se importavam somente com a velocidade com que corriam.

Ele usou essa historinha para descrever nossa civilização.

Nós estamos nos enchendo de aparatos tecnológicos sem ter a menor noção de para onde estamos correndo. O carro só faz acelerar: há melhorias nas instalações das escolas, os laboratórios estão repletos de computadores, acadêmicos andam cada vez mais publicando textos em revistas, os médicos estão passando exames a cada ano mais sofisticados, mas quando perguntamos: "Para que tudo isso?", eles acham que essa pergunta não é científica.

Dizia o filósofo Nietzsche que as convicções são piores inimigas da verdade que as mentiras. Ora, o professor Inácio, quando tão convicto, não nos fazia refletir sobre absolutamente nada, ele sempre pensava que estava esnobando sabedoria para a gente dando aquelas aulas horrorosas, sem sentido nenhum, quando, na verdade, estava nos adestrando somente para fazer uma prova.

Há algum tempo, como narrado aqui, o professor Inácio acreditou que o cientista tem por objetivo enunciar a "verdade" e explicar a "realidade". Ele continua acreditando nisso. Mas de uma outra forma: podemos não alcançar a realidade fielmente, como não conseguimos tocar nossa imagem em um espelho, mas a vemos. O reflexo inatingível pelas nossas mãos corresponde a algo real que somos nós.

Depois que foi considerado um louco – por ser diferente de outros professores –, o professor Inácio explicava para nós que conseguimos descrever seja lá o que for somente através de palavras e quiçá números, que são expressos, eles também, por palavras. O que a gente vê, na verdade, repetia sempre o professor, é a linguagem. E devemos, alertava, tratar de aprofundarmos sempre o discurso para vermos melhor.

Por isso, ele passou a frear, sempre que podia, tanto a gente.

Manoel de Barros, um grande poeta brasileiro, disse que "a ciência pode classificar e nomear os órgãos de um sabiá, mas não pode medir seus encantos". Penso que acharia que o escritor estaria corretíssimo se eu não tivesse presenciado o professor Inácio fugir do que é considerado normal na educação, ou seja, ter enlouquecido para a sociedade. Quando percebíamos somente uma linguagem da ciência, ela nos parecia extremamente convicta e desinteressante em muitos aspectos. A partir do momento que entendemos suas várias formas de se manifestar, passamos a ouvir bem melhor o canto do sabiá. A ciência pode continuar sem medir os encantos da música dos pássaros, mas é permitido, lícito e necessário nos embevecermos com o que ouvimos.

Enfim, educar é causar espanto, já dizia o mestre Rubem Alves. É provocar a dúvida. A luta do professor Inácio hoje é fazer com que nas suas aulas de Física os alunos não sejam ensinados e sim aprendam.

E feliz de nós, seus alunos, que conseguimos perceber essa enorme diferença.

Curiosidades da CIÊNCIA

Aristóteles
(384 a.C.-322 a.C.)

- Sistema geocêntrico.
- Universo finito: dividia o mundo em duas regiões, uma que ia da Terra até a órbita da Lua e outra que terminava na esfera das estrelas, abrangendo o restante do Universo.
- Todos os corpos que estivessem além da órbita da Lua teriam um movimento ordenado, muito regular e eterno. Já os corpos que estivessem abaixo da órbita da Lua, ou seja, todos os da Terra, eram marcados pela imperfeição e estavam sujeitos a mudanças, crescimento, envelhecimento, desintegração e morte.
- Corpos terrestres eram formados pela mistura de quatro elementos: terra (centro), água (superfície), fogo (próximo à órbita da Lua) e ar (entre a superfície e a órbita da Lua).
- Não reconhecia a ideia de inércia: para o corpo se movimentar era necessária uma "força" sobre ele.

Ptolomeu
(100 d.C.-168 d.C.)

- Sistema geocêntrico.
- Representação geométrica do sistema solar: planetas se movimentavam em círculos, e os centros desses círculos, se movimentavam em torno da Terra.

Copérnico
(1473-1543)

- Sistema heliocêntrico: projetou um modelo matemático que contrariava o modelo de Ptolomeu, mas não apresentou nenhuma prova observacional em seu manuscrito e poucos astrônomos foram convencidos por seu sistema, no qual o sol seria o centro do Universo.

Galileu Galilei
(1564-1642)

• Sistema heliocêntrico: tentou provar que o modelo de Copérnico era verdadeiro ao observar que os argumentos utilizados para provar que a Terra estava em repouso não se sustentavam.

• Fases de Vênus: demonstrou que Vênus não girava em torno da Terra, mas que o planeta passava por um ciclo de fases, tal como a Lua.

• Luas de Júpiter.

• O fato de a superfície da Lua ser cheia de imperfeições como a da Terra contradizia a ideia de Aristóteles de que os astros eram perfeitos e a Terra, não.

• Descobriu que objetos de pesos diferentes caem com a mesma aceleração e percorrem uma distância proporcional ao quadrado do tempo de queda.

• Inércia circular: justificou a possibilidade de a Terra se movimentar, pois um objeto em movimento que não estivesse sujeito a força alguma poderia se mover para sempre em um círculo em volta da Terra com velocidade constante.

• Afastou-se de forma definitiva da concepção aristotélica de "lugar natural", já que movimento e repouso passaram a ser entendidos como conceitos complementares, ou seja, um só poderia ser definido em referência ao outro.

Kepler
(1571-1630)

• Sistema heliocêntrico: reformou o modelo de Copérnico e chegou a uma descrição realista do Sistema Solar.

• "Música celestial": após descobrir que os planetas giravam em torno do Sol com uma velocidade que não era constante, disse que havia uma "música celestial" tocada pelos planetas. Ele imaginou um coro no qual Mercúrio seria o soprano, Marte o tenor e, por estarem mais distantes, Júpiter e Saturno seriam as vozes mais graves, portanto, os baixos.

Isaac Newton
(1643-1727)

• Reformulação do conceito de inércia: tendência do corpo em manter sua velocidade vetorial.

• Primeira lei: Na ausência de forças, um corpo em repouso continua em repouso, e um corpo em movimento continua em movimento retilíneo uniforme (MRU).

• Segunda lei: a força aplicada a um objeto é igual à massa do objeto multiplicado por sua aceleração.

• Lei da gravitação universal: a força da gravidade é diretamente proporcional às massas dos corpos em interação e inversamente proporcional ao quadrado da distância entre eles.

Albert Einstein
(1879-1955)

• Explicou fenômenos que a Física newtoniana nem sequer previa e outros que Newton não conseguiu explicar.

• Teoria da Relatividade: junção de dois estudos, a Teoria da Relatividade Restrita, de 1905, e a Teoria da Relatividade Geral, de 1915. Além de estabelecerem relações entre massa e energia de um corpo, elas explicam que espaço e tempo são um único conceito (epaço-tempo) e que, dependendo do ponto de vista do observador, são relativos. (Fonte: <http://mundoestranho.abril.com.br/ciencia/o-que-e-a-teoria-da-relatividade>. Acesso em: jun. 2017).

Referências

ARISTOTLE. *The metaphysics*. Trad. W. D. Ross, Roger Bishop Jones, 2012.

BACHELARD, Gaston. *A formação do espírito científico*. Trad. Estela dos Santos Abreu. Rio de Janeiro: Contraponto, 1996.

BOUDRI, J. Christian. *What was mechanical about mechanics*: the Concept of Force Between Metaphysics and Mechanics from Newton to Lagrange. Netherlands: Kluwer Academic Publisher, 2002.

BURTT, E. A. *The methaphysical foundations of modern physical science*. New York: Humanities Press Inc., 1924.

CASSIRER, E. *A filosofia do Iluminismo*. Trad. Álvaro Cabral. Campinas: Unicamp, 1992.

_____. *The philosophy of symbolic forms*: the phenomenology of knowledge. London: Oxford University Press, 1957. v. 3.

CHALMERS, Alan F. *O que é ciência afinal?* Trad. Raul Filke. São Paulo: Brasiliense, 1993.

_____. Conceptual problems in the foundations of mechanics. *Science & Education*, v. 21, 9, p. 1337-1356, 2012.

COELHO, R. L. Could HPS improve problem-solving? *Science & Education*, v. 22, 5, p. 1043-1068, 2013.

_____. On the concept of force: how understanding its history can improve physics teaching. *Science & Education*, v. 19, p. 91-113, 2010.

_____. The law of inertia: how understanding his history can improve physics teaching. *Science & Education*, v. 16, p. 955-974, 2007.

COHEN, Bernard; WESTFALL, Richard S. (Org.). *Newton*: textos, antecedentes, comentários. Trad. Vera Ribeiro. Rio de Janeiro: Contraponto, 2002.

COHEN, H.F. *The scientific revolution.* A historiografical inquiry. Chicago: University of Chicago Press, 1994.

D´ALEMBERT, Jean Le Rond. *Ensaio sobre os elementos de Filosofia.* Trad. Beatriz Sidou e Denise Bottman. Campinas: Unicamp, 1994.

_____. *Traité de dynamique.* Paris: David, 1743.

DEUTSCH, David. *The beginning of infinity.* Explanations that transform the world. New York: Viking, 2011.

DIJKSTERHUIS, E. J. *The mechanization of the world picture:* Pythagoras to Newton. Princeton: Princeton University Press, 1986.

DUHEM, Pierre. *A teoria física:* seu objetivo e sua estrutura. Trad. Rogério Soares Costa. Rio de Janeiro: EdUerj, 2014.

FRAASSEN, Bas C. Van. *A imagem científica.* Trad. Luiz Henrique de Araújo Dutra. São Paulo: Unesp, 1980.

FRANKLIN, A. Principle of inertia in the middle ages. *American Journal of Physics*, 44, p. 529-544, 1976.

HANKING, Ian. *Representar e intervir:* tópicos introdutórios de filosofia da ciência natural. Trad. Pedro Rocha de Oliveira. Rio de Janeiro: EdUerj, 2012.

GUICCIARDINI, N. *Isaac Newton on mathematical certainty and method.* London: MIT Press, 2009.

HARMAN, Peter M. *Mehaphysics and natural philosophy.* The problem of substance in Classical Physics. Sussex: The Harvester Press, 1982.

HARRÉ, Rom. *As filosofias da Ciência.* Trad. Lígia Guterres. Lisboa: Edições 70, 1984.

JAMMER, M. *Concepts of force:* a study in the foundations of dynamics. Mineola: Dover Publications, 1999.

KOYRÈ, Alexandre. *Metaphysics and measurement:* Essays in scientific revolution. London: Chapman & Hall, 1968.

WESTFALL, Rochard S. *Force in Newton's Physics.* The science of dynamics in the seventeenth century. London: MacDonald, 1971.

Elika Takimoto

Moro no subúrbio carioca e transito pelo mundo das ideias. Sou professora e coordenadora de Física do Cefet/RJ, doutora em Filosofia, mestre em História das Ciências e das Técnicas e Epistemologia pela UFRJ, graduada em Física e vencedora do Prêmio Saraiva Literatura na categoria juvenil (crônicas). Sou autora do blog *Minha vida é um blog aberto* e também dos livros *História da Física na sala de aula* (Editora Livraria da Física), *Minha vida é um blog aberto* (Saraiva) e *Beleza suburbana* (Autografia). Tenho também publicados, de forma independente, *Isaac no mundo das partículas*, *Filhosofia* e *Tenso, logo escrito*. A impressão é que tenho mais vinte livros ainda não escritos, dada a quantidade de ideias que não param de brotar e a falta de tempo em registrá-las. Nada, porém, me dá mais prazer e realização do que ser mãe de Hideo, Nara e Yuki, que fazem do meu cotidiano um grande parque de diversões. *Como enlouquecer seu professor de Física* é uma paráfrase do meu processo de desconstrução como professora de uma ciência considerada "exata". Minha tese de doutorado, *O que há de metafísica na Mecânica*, mostrou a presença do, digamos, impalpável nos fundamentos da mecânica newtoniana. Durante a pesquisa, vi o quanto de equívocos cometia em sala de aula reproduzindo certezas em um campo (que hoje assim considero) minado de dúvidas.

Ana Matsusaki

Nasci em São Paulo, em 1986. Desde pequena sempre gostei muito de viajar pelos livros através das imagens e palavras. Uma das minhas brincadeiras preferidas, quando criança, era criar revistas e livros: escrevia e ilustrava. Não tinha como ser diferente: quando entrei na faculdade, resolvi estudar Design Gráfico, e a brincadeira virou meu trabalho. Depois disso me tornei ilustradora e designer gráfico. Faço ilustrações para revistas, livros e crio projetos gráficos para editoras.

No meu tempo livre, adoro assistir a documentários sobre Ciências, Física e o Universo. Dá um nó bom no cérebro imaginar que somos apenas uma porção minúscula de algo incrivelmente gigante, incompreensível e infinito. Ilustrar esse livro foi mais uma oportunidade de dar uma espiada em outras formas de pensar e entender esse mundo instigante e misterioso no qual vivemos.

Este livro foi composto com a família tipográfica Chaparral Pro para a Editora do Brasil em 2017.